灵魂

FRÈRE D'ÂME

兄弟

DAVID DIOP

〔法〕达维德·迪奥普 著

高方 译

人民文学出版社
PEOPLE'S LITERATURE PUBLISHING HOUSE

著作权合同登记号　图字 01-2019-5224

David Diop
Frère d'âme
ⓒ David Diop，2018
By arrangement with So Far So Good Agency

图书在版编目(CIP)数据

灵魂兄弟 /（法）达维德·迪奥普著；高方译. —
北京：人民文学出版社，2020(2021.7 重印)
ISBN 978 - 7 - 02 - 015674 - 0

Ⅰ. ①灵… Ⅱ. ①达… ②高… Ⅲ. ①长篇小说-法
国-现代 Ⅳ. ①I565.45

中国版本图书馆 CIP 数据核字(2019)第 195758 号

责任编辑　卜艳冰　郁梦非
装帧设计　钱　珺

出版发行　**人民文学出版社**
社　　址　**北京市朝内大街 166 号**
邮　　编　**100705**

印　　刷　**上海盛通时代印刷有限公司**
经　　销　**全国新华书店等**

字　　数　**63 千字**
开　　本　**850×1168 毫米　1/32**
印　　张　**4.5**
版　　次　**2020 年 1 月北京第 1 版**
印　　次　**2021 年 7 月第 2 次印刷**

书　　号　**978-7-02-015674-0**
定　　价　**39.00 元**

如有印装质量问题，请与本社图书销售中心调换。电话：010 - 65233595

献给我的第一位读者，我的妻子，

你的双眼满是智慧之光；

仿佛虹膜上绽放的乌金石。

献给我的孩子们，你们亲密无间，仿佛手掌上的五指；

献给我的父母，你们是混合文化的摆渡人。

我们通过名字而相互拥抱。

　　蒙田，《随笔》第一卷，《论友谊》

思考即是背叛。

　　帕斯卡尔·基尼亚尔，《思考至死》

我是同时奏响的两个声音，
一个声音远去，另一个升起。

　　谢赫·哈米杜·凯恩，《模棱两可的冒险》

第一章

……我知道，我明白，我本不该那样做。我，阿尔法·恩迪亚耶，老人的儿子，我明白，我本不该那样做。按照安拉的真意，现在，我知道了。我的思想只属于我自己，我可以想我所想。不过，我不会说出来。我原本可以倾诉秘密的那些人，我的灵魂兄弟们，他们的身躯即将残毁，即将被撕裂，真主会羞于看到他们进天堂，魔鬼会开心地在地狱迎接他们，他们也将认不出我是谁。活下来的人将认不出我，我的老父亲认不出我，我的母亲，即便她还在人世，也认不得我。羞耻的重负比死亡更沉重。他们想象不出我在想什么，我做了些什么，也没法想象战争把我变成了什么。按照安拉的真意，家族的荣誉徒剩其表。

我知道，我明白，我本不该那样做。在前世，我可不敢那样，但在现世，按照安拉的真意，我做下了不能去想的事。没有一个声音在我脑袋里响起，来禁令我：当完成了所想之事时，我的祖先和父母都噤了声。现在，我知道了，我发誓，当我意识到我可以想我所想时，我全都明白了。这一切突如其来，没有预告，仿佛从金属色天空落下的一颗子弹突然射进我的脑袋，就在马丹巴·迪奥普死的那一天。

啊！马丹巴·迪奥普，我那胜似兄弟的兄弟，他的死亡延续了很长时间。他死得那么难，那么难，死亡的过程一直延续，从晨曦初现一直到傍晚，他被开膛破肚，肠子流了出来，仿佛献祭礼上屠夫宰杀的绵羊。被开膛破肚的马丹巴还没死去。在其他人躲进土地裂开的伤口的时候——我们叫它战壕，我待在马丹巴身边，在他身边躺下，右手握着他的左手，看着子弹纵横的冷蓝色的天。他三次开口，求我了结他，我三次都说不。那是在我允许自己无所不想之前。假如当时的我跟现在的我一样，我一定会杀了他，在他第一次求我、把头转向我、用他的左手握住我的右手的时候。

按照安拉的真意，假如那时的我跟现在的我一样，出于友谊，我会像宰杀献祭绵羊一样割了他的喉咙。但是，我想起了我的老父亲，想起了我的母亲，想起了内心发令的声音，于是，我没有去割断他那苦难的荆棘之绳。马丹巴，我那胜似兄弟的兄弟，我的儿时好友，我对你太不人道了。我任由责任决定我的选择。我献给他的只有糟糕的想法，是受责任支配的想法，是尊重人律的想法，但，我的表现并不人道。

按照安拉的真意，在马丹巴第三次求我了结他时，我任由他像小孩一样哭泣，右手在地上摸索着，去拾捡如水蛇一般游动的散落的肠子。他对我说："看在安拉的慈悲上，看在我们伟大隐士的慈悲上，如果你是我的兄弟，阿尔法，如果你真如我想的那样，就像宰杀献祭绵羊一样割断我的喉咙吧，别让死亡的嘴吞掉我的身体！别把我抛在这样的肮脏中。阿尔法·恩迪亚耶，阿尔法……求求你……杀了我！"

正因为他提到我们伟大的隐士，正因为如此，为了不犯人律，不违背我们祖先的法则，我对他太不人道，马丹巴，我胜似兄弟的兄弟，我的儿时好友，他双眼含着泪，手颤抖着，在战场的烂泥中摸捡自己的内脏，把它们按到开口的肚子里，我就任由他这样死去。

啊，马丹巴·迪奥普！你断气的那一刻，我才真正开始思考。你在黄昏死去，那一刻，我才明白，我才懂得，我将不再听从责任的声音，那个下命令的声音，那个要求人守品行的声音。然而，已为时太晚。

你死了，双手终于不再颤抖了，你终于安息了，你呼出最后一口气，终于从那肮脏的痛苦中解脱，那时，我只有一个念头，我不该等待。当我明白的时候，已经太晚了，我该在你第一次求我的时候就割断你的喉，那时，你的眼里还没有泪，左手紧握着我的右手。我不该让你像头孤单的老狮子一样受罪，被鬣狗开膛破肚，生吞活剥。因为那些无理的由头，因为那些固有的思想植入我的脑袋，让我做个正直的人，我才任由你向我祈求。

啊，马丹巴！我多么后悔，后悔没有在战斗的那个清晨杀死你，在你柔声求我，饱含友情，声音透着一丝微笑的时候。那时候割断你的喉咙，应该会是我这一生对你开的最后一个善意的玩笑，会让我们永生永世都是朋友。可是，我非但没动手，还任由你死去，你咒骂着我，哭着，泪涕俱下，嚎叫着，身下满是屎尿，仿佛一个发疯的孩子，你就这样死去。以我叫不出口的法令之名，我把你抛弃给悲惨的命运。或许是为了拯救我自己的灵魂，或许是为了成为养大我的那些人希望我在安拉和男人面前成为的人。可是，马丹巴，在你面前，我不是个男人。我的朋友，我胜似兄弟的兄弟，我任由你诅咒我，我任由你嚎叫，说些亵渎神明的胡话，因为，在那个时候，我还不会自己思考。

然而，就在你躺在自己肠子中、发出断气前的最后一声喘息之时，就在你刚死之际，我的朋友，我胜似兄弟的兄弟，就在那一刻，我知道，我明白了，我本不该抛弃你。

我在你的残躯边上躺了片刻，看最后的一批流弹划过深蓝的夜空，子弹的尾部闪闪发光。沐浴在鲜血中的战场陷入了沉寂，就在那时，我开始思考。你只是一堆死肉。

我要做你在一整天里因双手颤抖而未完成的事。我捡起你依旧温热的肠子，仿佛在进行神圣的仪式，我把肠子塞进你的肚子，仿佛是放入一个圣器。在昏暗中，我以为自己看到了你在朝我笑，于是，我决定把你带回我方的战壕。夜色寒冷，我还是脱下了军装和衬衣。我用衬衣垫在你的身下，用两条袖子在你的肚子上系了个双层结，结打得很紧很紧，浸上了你的黑血。我把你拦腰抱住，带你回去。我胜似兄弟的兄弟，我的朋友，我怀抱你，如同怀抱一个孩子，我在污泥里走啊走，在炮弹轰出的、充满肮脏血水的、连跑出地洞觅食人肉的老鼠都避开的裂隙里走啊走。把你抱在怀里的时候，我一边求你原谅，一边开始自我思考。我知道，当我明白自己本该做什么的时候，为时已晚，那时，你的眼泪已哭干，求着我，仿佛在恳求儿时好友帮个忙，行行好，以履行一项没有仪式的职责。对不起。

第二章

我怀抱着马丹巴在裂隙里走了许久，马丹巴的身子
那么沉，如同一个睡熟的孩子。满月的月光洒在我身
上，敌人完全无视我这个活靶子，我回到了我方战壕大
张的坑穴里。从远处望去，我方战壕好像一个体型巨大
的妇人张开的两片阴唇。一个张开大腿的女人，献身给
战争、炮弹和我们这些当兵的。这是我允许自己想到的
第一个不可告人的念头。在马丹巴死之前，我绝不敢这
样想，把战壕看成一个准备迎接马丹巴和我的变形的女
性器官。大地里面的东西翻了出来，我头脑里面的东西
也跑了出来，我知道，我明白，我可以想我所想，只要
别人不知道。于是，在仔细盘过这些念头后，我把它们
又重新锁在了脑袋里面。真是奇妙！

　他们在地腹中欢迎我，仿佛我是个英雄。我在明亮
的月光下行走，紧抱着马丹巴，没看到他的一长段肠子

从我用衬衫围绕他身体打的结里散落出来。他们看到了我怀里的受难人，都纷纷夸我勇敢和强壮。他们说他们可做不到。他们可能会把马丹巴留给老鼠，他们可不敢把马丹巴的五脏六腑聚拢起来，重新放回他神圣的身躯。他们说他们可不敢抱着马丹巴，在如此刺眼的月光中、在敌人的目光下走这么久。他们说我配得上一枚勋章，我会获得十字勋章，我的家人将为我而自豪，在天上看着我的马丹巴也会为我而自豪。甚至连我们的曼金将军也将为我而自豪。不过，我觉得拿不拿勋章无所谓，但这想法可不能让人知道。没人知道马丹巴曾经三次求我了结他的性命，而我三次都装聋作哑，无视他的哀求，我听从了责任的声音，失去了人性。不过，我已自由，不再听从这个声音，不再服从那个下令让我们在必要的时候失去人性的声音。

第三章

在战壕里，我跟其他人一样活着，我跟其他人一样喝水吃饭。有时候，我也跟其他人一样唱唱歌。我唱歌会跑调，我一唱歌，大伙儿都会笑。他们对我说："你们这些恩迪亚耶家的人啊，可真不会唱歌。"他们有点儿在嘲弄我，可是，他们尊重我。他们不知道我是如何想他们的。我觉得他们都是笨蛋，是傻瓜，因为他们什么也不想。无论是黑人士兵，还是白人士兵，他们总是说："是。"上级下命令，让他们离开战壕，无遮无挡地冲向敌人时，他们说"是"。上级要他们显出野人的模样，让敌人丧胆时，他们说"是"。上尉告诉他们，敌人害怕野蛮的黑人，害怕食人族和祖鲁人，他们就笑起来。让对面的敌人害怕，他们很开心。能够忘掉自己的恐惧，他们很开心。当他们左手持步枪、右手握砍刀、突然从战壕里涌现出来、暴露在大地腹地之外的时候，显露在他们脸上的，是疯人的目光。上尉告诉他们，他们是伟大的战士，于是，他们就乐于一边唱着歌一边被射杀，他们还铆着劲，看谁更疯。姓迪奥普的，不愿意别人说他不如姓恩迪亚耶的勇敢，于是，阿尔诺上尉一吹响那尖声的冲锋哨，他就像野蛮人一样嚎叫着冲出地洞。姓凯伊塔的和姓苏玛莱的同样也铆上了劲儿。姓迪阿罗的和姓法耶的，姓卡纳的和姓迪乌纳的，一样的情形，还有那些来自迪亚纳、库鲁玛、贝耶、法括里、萨勒、迪恩、赛克、卡、希赛、恩都尔、图莱、卡马拉、巴、法勒、库利巴利、宋科、斯、斯索克、达拉梅、塔奥莱等家族的士兵。所有人什么都不想，就这么去赴死，就因为阿尔芒上尉对他们说："你们这些来自黑非洲的巧克力兵①，你们是勇者中的勇者。法兰西感谢你们，欣赏你们。报纸上总是在谈论你们的功绩！"于是，他们乐于冲出腹地，像发了狂的疯子般嚎叫着，左手持着标准步枪，右手挥着野蛮砍刀，欣然赴死。

而我，阿尔法·恩迪亚耶，我明白上尉在说什么。

---

① 指塞内加尔土著布兵，法国著名巧克力厂家巴拿尼亚在1914投放于市场的巧克力粉包装罐上印上塞内加尔土著步兵的形象，作为宣传广告。——译注（如无特别说明，本书注释均为译者注。）

没人知道我在想什么，我是自由的，可以想我所想。我
所想的，是其他人不愿我去想的。上尉的话后面藏着
不能去想的东西。上尉的法国只有在对自己有利的时
候，才需要我们充当野蛮人。它需要我们做野蛮人，是
因为敌人害怕我们的砍刀。我知道，我明白，其实这
很简单。上尉的法国需要我们的野蛮，因为我和其他人
一样，我们都很听话，我们去扮演野蛮人。我们切开敌
人的身体，砍下他们的肢体，斩了他们的头，剖开他们
的肚子。我跟那些来自图库勒尔族、赛海尔族、班巴拉
族、曼迪卡族、苏苏族、豪萨族、莫西族、玛卡族、索
南可族、塞努弗族、波波族，以及其他沃洛夫族的战
友，我们有着唯一的不同，他们和我唯一的区别，就是
我因为思考而成为野蛮人。他们只有在冲出地腹的时候
演戏，而我则是在战壕里跟他们演戏。我放声大笑，我
唱着跑调的歌，不过，他们尊重我。

　　只要我冲出战壕腹地，只要我嚎叫着从战壕蹦出，
敌人就只能束手就擒了。撤退的哨声吹响时，我是从来
不会往回撤的。我很晚才回战壕。上尉是知道的，他也
由着我，看到我总是微笑着活着回来，他很是惊奇。他
由着我，哪怕我很晚才回来，因为我会把战利品带回战

壕。我带回野蛮战争的战利品。每场战役之后，在黑漆漆的夜色里，或是在浸润着月光和鲜血的夜色里，我总是会带回一杆枪和一只手。那只手曾经端过那杆枪，紧握过那杆枪，擦拭它，给枪上油，上膛，退膛，又重新上膛。当撤退的哨声吹响时，上尉和战友活着回到遮身之地，回到潮湿的战壕时，他们会问两个问题。第一个问题："这个阿尔法·恩迪亚耶，他会活着回来么？"第二个问题："这个阿尔法·恩迪亚耶会带着一杆枪和握枪敌人的一只手回来么？"就像上尉说的那样，无论刮风、下雨还是下雪，有时甚至冒着敌人的枪火，我总是在其他人之后回到地壕。我总会带回一杆枪和端过、握过那杆枪的一只手，它擦拭过那杆枪，给枪上油、上膛、退膛又重新上膛。上尉和幸存的战友在每个战斗的夜晚总会问那两个问题，在听到射击声和敌人的哀叫声的时候，他们会非常高兴。他们会说："瞧，阿尔法·恩迪亚耶要回家了。不过，他会不会带回一杆枪和一只断手呢？"一杆枪和一只手。

　　我带着战利品回到驻地，我看到他们对我非常、非常满意。他们为我留了好吃的，他们为我留了烟头。看到我回来，他们真的很高兴，却从没问过我是如何做的，如何弄到这杆枪和这只断手。看到我回来，他们很高兴，因为他们很喜欢我。我成了他们的图腾。我带来的断手证明他们又多活了一天。他们从不问我如何处理剩下的尸体。他们也不关心我怎样逮住敌人。同样，我如何砍下手，他们也不关心。他们关心的是结果，是野蛮和残忍。他们跟我打趣，说敌人看到手被砍掉该有多害怕。上尉和我的朋友并不知道我是如何逮住敌人的，也不知道我是如何处置活人的残躯的。他们没法想象我对敌人所做的令人发指的事，他们也无法想象对面的敌人有多强烈的恐惧。

当我从地腹冲出来时，我选择失去人性，我变得不再人道。这不是因为上尉的命令，而是我自己的想法和需要。当我嚎叫着从地壕蹦出来时，我可没打算杀死很多对面的敌人，我只想杀那一个人，以我的方式，静静地、沉着地、慢慢地杀死他。当我左手持枪，右手握着砍刀冲出地腹的时候，我并不关注身边的战友。我不再认识他们。他们在我身边一个接一个地脸朝下倒在地上，而我，我奔跑，射击，趴在地上。我奔跑，射击，在带刺铁丝网下匍匐前进。或许，我射出的子弹会偶尔杀死一个敌人，但这并非我的本意。或许。我所希望的，是贴身肉搏。这就是为何，我奔跑，射击，趴在地上匍匐前进，希望尽可能地接近对面敌人。在望见他们战壕的时候，我就只匍匐前行，接着，慢慢地，我停了下来。我装死。我静静地等，想逮住一个敌人。我等着他独自一人走出战壕。我等待晚上休战，射击停止，敌人松懈。

接近晚上，当射击停止的时候，总有一个敌人会从藏身的弹坑里钻出来回战壕。于是，我用砍刀在他的腿弯刺上一刀。这很容易，他以为我死了。对面的敌人看不见混在死人堆里的我。对他而言，我仿佛是死人复活，来取他的命。对面的敌人害怕极了，当我刺他的腿弯时，怕得都喊不出声。他瘫倒在地上，仅此而已。于是，我卸下他的武器，把他的嘴塞上，把他的双手绑到身后。

有时候，很容易。有时候要难一些。有些人并不顺从。有些人不愿相信自己即将死去，有些人还会反抗挣扎。于是，我一声不响地把他们打晕，因为我只有二十岁，就像上尉说的那样，我有着自然赋予的力量。接着，我或是扯着制服的衣袖，或拽着靴子，我拉着他们悄悄地在上尉所说的无主之地上匍匐爬行，那是位于两个战壕的中间地带，布满弹坑和积满血水的坑洼。无论刮风、下雨还是下雪，就像上尉说的那样，我等着敌人苏醒，我耐心地等待被我揍晕的对面的敌人醒来。如果被我从弹坑里拖出的敌人表现得很顺从，以期待骗过我，我也会稍事等待，等自己的气息平复下来。在等待之时，为了让敌人不要过于不安，我在月亮和星星的光芒下朝他们微笑。当我微笑时，我感觉到他在脑袋里自言自语："这个野人要干什么？他会怎么对我？他会吃了我吗？他会强奸我吗？"我可以自由想象对面的敌人在想什么，因为我什么都知道，都明白。盯着对面敌人的蓝眼睛，我通常会看到对死亡、野蛮行径、强奸和食人习俗的惊惧。我在他的眼里看到了人们是如何谈论我的，而他又是如何看待从未谋面的我的。我想，看见我微笑着盯着他看，他会思量着大伙儿可没撒谎，我在有月亮或没月亮的晚上露出白牙，想要生吞他，或做出更可怕的事儿。

　　可怕的事儿，是我一旦平复了气息，会把对面敌人的衣裳扒掉。在我解开他制服领子的纽扣时，我看到敌人的蓝眼睛布满了泪水。我感觉到他对可怕之事的恐惧。无论敌人是勇敢还是慌张，无论他是勇者还是懦夫，当我解开他制服和衬衫的纽扣，在月光下、在雨中或是在缓缓落下的雪中露出他惨白的肚皮时，我感觉到敌人的蓝眼睛黯淡了一些。所有人都一样，无论高矮、胖瘦，无论勇敢、懦弱或自尊，当他们看到我盯着他们跳动的白肚皮时，他们的目光黯淡了。所有人都一样。

于是，我沉思片刻，想到了马丹巴·迪奥普。每一次我的脑袋里响起他求我割他喉的声音，我就想到自己任他哀求我三次是多么的不人道。我想这一次，我一定要做出人道之事，我不会等对面敌人求我三次才了结他们的性命。我没有为朋友做的，出于人道，将为敌人完成。

当对面的蓝眼敌人看到我握紧砍刀时，他们的目光彻底熄灭了。第一次，对面的敌人踢了我一脚，试图站起来逃跑。从那以后，我就细心地把他们的脚踝绑起来。这就是为什么只要我右手拿起砍刀，对面的敌人就像狂躁的疯子一样两腿乱蹬，想要挣脱逃跑。不过，逃跑是不可能的。对面的敌人应该知道他们没法挣脱，绳子绑得很紧，可是，他们依旧心怀奢望。我从他们的蓝眼睛里读到了和马丹巴·迪奥普的黑眼睛里一样的东西，那就是希望我缩短他们的痛苦。

敌人的肚子裸露着，抬起来，又颤抖着落下。对面的敌人喘息着，突然发出一声无声的嚎叫，因为我塞在他们嘴里的东西让他们出不了声。当我把他们的五脏六腑掏出来，把它们扔在雨里、雪里、风里和月光里时，他们发出无声的嚎叫。假如这会儿敌人的目光还没熄灭，我会躺在他身边，我把他的脸转向我，看着他死去活来地挣扎片刻，接着，我干净利落地割了他的喉，完成富有人性的举动。在夜色里，所有人的血都是黑的。

第四章

按照安拉的真意，在他死的那天，我没费多少时间就找到了在战场上被开膛破腹的马丹巴·迪奥普。我知道，我明白发生了什么。马丹巴在他的手还没发抖的时候，在他饱含友情、柔声要求我了结他的时候告诉我发生了什么。

那是我们向对面的敌人发起猛烈进攻之时，他左手持步枪，右手握砍刀，全力投入战斗，极尽野蛮之事，就在那个时候，他碰上了一个装死的对面的敌人。他恰巧经过，在继续前进之前，弯下身子看了一眼。他停下来想看看敌人是不是在装死。他盯着敌人看，是因为他起了疑心。就这么短短一刻。敌人的脸不像白死人和黑死人的脸那样发灰。这家伙看上去在装死。可不能饶了他，得用砍刀把他了结，马丹巴这么想着。不能疏忽大意。出于谨慎，他得把这个半死的对面的敌人再次干掉，不能留有遗憾，以免从这条路经过的战友或灵魂兄弟挨上一刀。

正当他想着他的灵魂兄弟、想着他的战友、想着要从半死的敌人那里救下战友和兄弟的时候，正当他预测到其他人——比如说我，紧跟着他的胜似兄弟的兄弟——会挨上一刀的时候，正在他思量着其他人也得提高警惕的时候，他并没有想到自己。马丹巴从容不迫，饱含友情，并依旧微笑着跟我讲述，他说对面敌人突然张开眼，紧接着用藏在大衣摆角右手里的刺刀把他的肚子从上到下划开了口，动作干净利落。挨了半死敌人这一刀，马丹巴还能自嘲，他镇静地告诉我他那个时候什么也做不了。这些是一开始的时候他告诉我的，是在他还不是那么疼的时候，在他第一次友好地祈求我了结他的时候。那是他第一次祈求我，祈求他胜似兄弟的兄弟，阿尔法·恩迪亚耶，老人的幺儿。

就在马丹巴能做出反应之前，在他能为自己复仇之前，活得好好的敌人朝他们的阵线逃去。在他第一次祈求和第二次祈求之间，我叫马丹巴告诉我把他开膛破腹的对面的敌人长什么样。就在我躺在他身边、盯着被金属划开的天空时，马丹巴跟我低语："他有一对蓝眼睛。"我追问。"按照安拉的真意，我能说出的，就是他有一对蓝眼睛。"我不断地追问，不断地问："他是高还是矮？是俊还是丑？"每一次，马丹巴·迪奥普都回答说，我应该杀死的不是对面的敌人，为时已晚，对面的敌人走运地活了下来。我要再次杀死的，要了结的，是他，马丹巴。

然而，按照安拉的真意，我真的没听进马丹巴的话，没听进我的儿时好友、我那胜似兄弟的兄弟的话。按照安拉的真意，我一心只想杀死那个半死的蓝眼敌人。我只想着把对面的敌人开膛破腹，却忽视了我的马丹巴·迪奥普。我听从了复仇的声音。马丹巴·迪奥普向我发出了第二次祈求，他说："忘了蓝眼敌人吧。现在杀了我，我太疼了。我们年龄一样，我们在同一天行割礼。你在我家长大，我在你眼皮底下长大，你在我眼皮底下长大。你可以取笑我，我可以在你跟前掉眼泪。对你我可以提出任何要求。我们比亲兄弟还亲，因为我们是自己结拜的兄弟。求你了，阿尔法，别让我这样死去，我的肠子露在外面，那咬人的疼痛吞啮着我的肚子。我不知道对面的蓝眼敌人是高还是矮，是俊还是丑。我不知道他跟我们一样年轻，还是跟我的父亲同龄。他运气好，逃走了。现在他并不重要。如果你是我的兄弟，我的儿时好友，如果你是我认识的那个人，是我跟爱父母一样爱的那个人，我第二次求你，求你割了我的喉。听到我像小男孩一样呻吟，看到我因失了尊严而羞愧难当，你觉得有趣么？"

可是，我拒绝了。啊！我拒绝了。对不起，马丹巴·迪奥普，对不起，我的朋友，我胜似兄弟的兄弟，我没能用心听你的话。我知道，我明白，我本不该脑袋里只想着对面的蓝眼敌人。我知道，我明白，我的脑袋被你的哭泣和吼叫搅乱，我不该只想着脑袋里那个要求复仇的声音，而你那时还没死去。接着，我听从了那个强有力的、庄严的声音，它强迫我无视你的痛苦："不要了结你最好朋友的性命，他是你胜似兄弟的兄弟。不该由你来夺取他的性命。真主之意不该由你完成。魔鬼之欲也不该由你满足。阿尔法·恩迪亚耶，马丹巴的父亲和母亲若知道是你夺走他们儿子的性命，是你完成了蓝眼敌人本该了结的事，你又该如何面对他们呢？"

不，我知道，我明白，我本不该听从那个在我脑袋里炸开的声音。在还有时间的时候，我本该让它闭嘴。

我本该早点开始独立思考。马丹巴，我本该出于友情而了结你，为了让你不再哭泣，不再两腿乱蹬，身子不再扭来扭去试图把滑出肚子的五脏六腑再塞回去，不再像一条刚刚被捕捞的鱼那样呼吸。

第五章

按照安拉的真意，我真的没有人性。我没能听从我朋友的话，却听进了敌人哀嚎。于是，在我逮住对面敌人的时候，当我从他的蓝眼睛里看到嘴里发不出却直冲天空的嚎叫的时候，当敌人敞开的腹部已血肉模糊的时候，就在那个时候，我弥补了逝去的时间，我取走了敌人的命。当敌人第二次露出祈求的目光时，我割了他的喉，如同宰杀一只献祭的绵羊。我没能替马丹巴·迪奥普做的，替蓝眼敌人做了。就这样，我重新找回了人性。

接着，我用砍刀剁掉了他的右手，拿走了他的步枪。剁手的过程很长，很难。我匍匐着爬回去，穿过带刺铁丝网和布满木刺的黏滑土地，我回到了我方战壕，战壕敞开大口，仿佛一个女人仰面朝天，那个时候，我浑身沾满了对面敌人的血。我就像是一尊由泥巴混着鲜血捏成的雕塑，浑身散发着臭气，连老鼠都避让不及。

我散发着死亡的气息。死亡的气息是身体的五脏六腑被掏出来、抛在体外的味道。任何人，任何动物的五脏六腑在空气中都会发腐。从最富有的人到最贫穷的人，从最美的女人到最丑的女人，从最聪明的动物到最笨的动物，从最强壮的到最弱小的，一概如此。死亡，是身体五脏六腑腐烂的味道，当我穿过带刺的铁丝网爬回战壕的时候，老鼠闻到了这气味也会害怕。它们以为看到了活死神朝它们爬过来，于是，它们逃散开来。回到战壕后，即便我清洗了身体和衣服，以为自己干净了，老鼠依旧对我避之不及。

第六章

　　我带回第四只手的时候，战友开始害怕我。起初，他们见到我会发自内心地笑，看到我带着一杆枪和一只手回来时，他们还会逗乐。他们甚至为我高兴，想着我会得到另外一枚勋章。不过，从第四只手开始，他们的笑容不再坦诚。白人士兵开始议论，我从他们的眼睛里读到了："这个巧克力兵太奇怪了。"其他人，跟我一样来自西非的黑人士兵，也开始议论，我同样也从他们的眼里读到了："这个阿尔法·恩迪亚耶，这个来自塞内加尔靠近圣路易的甘焦勒村的小伙子，他真是奇怪。他从什么时候开始变得这么怪呢？"

　　上尉嘴里的那些"白兵"和"巧克力兵"，他们依旧会拍我的肩膀开玩笑，不过，他们的笑容变了。他们开始非常、非常、非常怕我。从第四只手起，他们开始窃窃私语。

带回前三只手的时候，我是个传奇。回到战壕时，他们为我庆贺，给我好吃的，送给我烟抽，用水桶接来水，帮我冲洗，帮我洗军装。我从他们的眼里看到了感谢。我代替他们，极尽野蛮之事，完成了任务内的野蛮。对面的敌人该缩在头盔里，跺着脚，怕得浑身发抖了。

一开始，我的战友并不在意我身上的死亡气味，那是人肉屠夫的味道。然而，从第四只手起，他们开始不再闻我了。他们继续给我好吃的，送我从各处搜集来的烟屁股抽，借我取暖的铺盖，这些士兵脸挂微笑的面具以掩饰惊恐。不过，他们不再帮我打水洗澡了。他们任由我自己洗军装。突然间，没有人再拍我的肩膀跟我开玩笑了。按照安拉的真意，我成了不可触碰的人。

他们在防空壕的一个角落里给我留了一个饭盒、一个水壶、一把叉子和一个勺子。在进攻的日子里，我总是在夜里回来，比其他人回来要迟得多，就像上尉说的那样，无论刮风、下雨还是下雪。炊事兵叫我把吃饭的家什拿过来。在给我盛汤的时候，他非常非常小心，生怕长柄汤勺沾到饭盒的里面、边缘和外面。

谣言传来了。谣言一边跑，一边脱衣服。慢慢地，它变得淫荡无比。在一开始的时候，谣言还披着衣服，浑身光鲜，衣冠楚楚，戴着勋章，最后，这不要脸的谣言变得一丝不挂。不过，我并没有立刻注意到它，我也分辨不了，我不知道这谣言到底在搞什么鬼。所有人看着它，任由它流传开，但没有人跟我真正地描述它。不过，我最后还是为这些私底下的议论所惊讶，我知道，那个怪人已经成了疯子，接下来，疯子成了巫师。巫师士兵。

　　但愿没有人告诉我战场上不需要疯子。按照安拉的真意，疯子什么都不怕，其他人，无论白人还是黑人，都在扮疯子，拿出吓人的疯劲，以便能够平静地投入对面敌人的枪林弹雨中。这让他们能比死神跑得快一些，不那么害怕。在阿尔芒上尉吹响进攻哨时，明知道几乎不可能活着回来，要服从他的命令，还真得拿出疯劲。按照安拉的真意，要跟野蛮人一样，嚎叫着从土地的腹部冲出来，还真得拿出疯劲。对面敌人的大颗子弹从金属色的天空落下，它们可不害怕嚎叫，它们也不害怕穿透脑袋和血肉，打断骨头，攫取生命。一时的疯狂能够让我们忘掉子弹的真相。战场上，一时的疯狂是勇气的姐妹。

　　不过，一个人看上去总是疯样子，一直疯下去，不停歇，那就让人害怕了，甚至会让自己的战友心生恐惧。于是，这个人开始不再是勇敢的好兄弟，能骗过死神的人，而成了死神的真朋友，成为死神的同谋和它的胜似兄弟的兄弟。

第七章

在所有人眼中，无论黑人士兵还是白人士兵，我成了死神。我知道，我明白。无论是白兵还是同我一样的巧克力兵，所有人都认为我是个巫师，是吞噬人灵魂的怪物，一个 dëmm①。或许，我一直都是个巫师，只是战争揭开了我的真面目。赤裸裸的谣言称我生吞了马丹巴·迪奥普的灵魂，甚至在马丹巴，我那胜似兄弟的兄弟死之前，我就生吞了他的灵魂。无耻的谣言说，要当心我。脱得一丝不挂的谣言说，我不仅生吞对面敌人的灵魂，还会生吞朋友的灵魂。不要脸的谣言说："要当心，要小心。他拿那些断手做什么？他把断手给我们看看，接着，那些手就没了。要当心，要小心。"

按照安拉的真意，我都看到了，我，阿尔法·恩迪

①　沃洛夫语里的"魔鬼"、"巫师"。

亚耶，老人的幺儿，我看到谣言像个不正经的姑娘，半裸着身子，恬不知耻地追着我跑。然而，那些看见谣言跟着我跑的白兵和巧克力兵，他们扯掉了谣言的缠腰布，一边捏着它的屁股一边傻笑，却继续对我微笑，跟我交谈，仿佛什么也没发生，他们外表可亲，却内心恐惧，甚至那些最粗鲁的，最刚硬的，最勇敢的，也不例外。

每当上尉吹响进攻哨，指挥我们冲出地腹，拿出一时的疯劲，像野蛮人一样冲入那片对我们的吼叫不屑一顾的枪林弹雨时，没人肯站在我旁边。从火热的地腹中跃出后，也没人敢在喧闹的战场上与我并肩。没有人愿意因此倒在对面敌人的子弹下。按照安拉的真意，我在战场上孤身作战。

是敌人的第四只手让我感受到了孤独。我在那群向我微笑、跟我挤眼睛、鼓励我的白人和黑人战友中感受到了孤独。按照安拉的真意，他们可不愿意招引巫师的毒眼或死神伙伴的厄咒。我知道，我明白。他们不太会去思考，不过，很显然，他们认为凡事必有两面。我从他们的眼里读到了。他们认为，吞噬灵魂的人在只吃敌人灵魂的时候是好的。但是，若噬魂者也吸食战友的灵魂，那就不好了。面对巫师士兵，谁知道会发生什么呢。他们认为跟巫师士兵打交道要特别特别小心，远远地微笑，说些话，表达出善意，是可以的，但不能接近，不能触碰，不能碰擦，否则，必死无疑，必定完蛋。

这就是为什么，在我接连带回几只手后，当阿尔芒上尉再度吹响进攻哨时，所有人都离我八丈远。有些人在嚎叫着从火热的地腹冲出来时，甚至都不敢看我，不敢把眼睛落在我身上，避免目光接触，仿佛看到我，眼睛就会触碰到死神的脸庞、胳膊、双手、背脊、耳朵和双腿。仿佛只看我一眼就已经死去。

人类总是试图为一切事物找出荒谬的解释。就是这样。不过就这么简单。我知道，我明白，现在，我可以想我所想。我的战友们，无论白人还是黑人，他们需要去相信，有可能夺取他们性命的，不是战争，而是巫师的毒眼。他们需要去相信，偶然夺取他们性命的，不是对面敌人射出的千百颗子弹中的一颗。他们不喜欢偶然。偶然太荒诞。他们需要一个承担责任的人，他们更愿意相信是一个恶人、坏人、不怀好意的人将子弹引向他们，射中他们。他们认为，那个恶人、坏人、不怀好意的人就是我。按照安拉的真意，他们往坏里头想，并不会思考。他们认为，我在每次进攻之后都能够活着回来，没被子弹击中，是因为我是一个巫兵。他们真是往坏的一面想。他们说，很多战友是因为我才死的，替我挡了那些本该击中我的子弹。

这就是为什么有些人对我虚伪地微笑。这就是为什么只要我一出现，另一些人就移开目光，还有一些人甚至会闭上眼，唯恐目光触到我，视线擦过我。我成了禁忌，像个图腾。

迪奥普家族的图腾，那个爱吹牛的马丹巴·迪奥普的图腾是只孔雀。他对我说是"孔雀"，而我则认为是"黑冠鹤"。我对他说："你的图腾是只鸟儿，而我的图腾是猛兽。恩迪亚耶家的图腾是一头狮子，比迪奥普家的图腾要尊贵多了。"我甚至还对我那胜似兄弟的马丹巴·迪奥普说，他的图腾就是要被人取笑的。可随意开任何玩笑的兄弟情谊代替了战争，消解了我们两个家庭、两个姓氏之间的恩怨。可随意开任何玩笑的兄弟情谊在嬉笑和嘲弄中洗去了旧日的敌对。

不过，图腾可是非常严肃的事。图腾，是禁忌。人们不能吃掉图腾，而应该去保护它。迪奥普家的人必须奋不顾身地将孔雀或黑冠鹤从危险中拯救出来，因为那是他们的图腾。恩迪亚耶家的人则不需要将狮子从危险中拯救出来。因为狮子绝不可能身处险境。不过，人们也说，狮子从来不吃恩迪亚耶家的人。保护是双向的。迪奥普家的人也用不着担心自己会被孔雀或者黑冠鹤吃掉，一想到这个我就忍不住笑。我又想起自己过去曾调侃马丹巴·迪奥普，说他们家的人真是实诚厚道，选了孔雀或者黑冠鹤作为自己的图腾，他听了后哈哈大笑，想到这儿我又忍不住笑。"迪奥普家的人没有远见却又爱吹牛，就和孔雀一样。他们对此很骄傲，但实际上他们的图腾只是只自大的鸟儿。"每当我这样取笑马丹巴时，他总是大笑。他回我，不是我们选择了图腾，而是图腾选择了我们。

可悲啊，在他死的那个早上，就在阿尔芒上尉吹响进攻哨前，我又把他的图腾叫做自大的鸟儿。可能就是因为这个，他才会在那天第一个冲出来，一边嚎叫一边冲出战壕，冲向对面的敌人，为的是向我们证明，向他所在的队伍，向我证明，他不是一个假好汉，而是一位真勇士。都怪我，他才会冲在最前头。都是因为那些图腾、那些放肆的玩笑话还有我，马丹巴·迪奥普才会在那天被一个长着一对蓝眼的半死的敌人开膛破腹。

第八章

　　那一天，马丹巴·迪奥普没有思考，尽管他懂得很多，学了很多。我知道，我明白，我真不该嘲笑他的图腾。直到那一天，我都没有好好思考过，也半点没有考虑过自己所说的话。我们不会怂恿自己的朋友、自己胜似兄弟的兄弟就这样冲出地腹，声音吼得比别人都大。我们不会让自己胜似兄弟的兄弟在这样的地方陷入疯狂，在这里，黑冠鹤连一秒钟都活不下去；一片战场，寸草不生，树也长不出一棵，似乎有成千上万只铁蝗虫不眠不休地啃光了这片地。这片土地里埋葬着几百万颗战争播撒下的种子，永远不能开花结果的金属种子。这片满目疮痍的战场只能容得下肉食动物。

　　就是此刻。从我决定独立思考，任由自己想我所想后，我就明白了，杀了马丹巴的并不是对面的蓝眼敌人。而是我。我知道，我明白为什么当马丹巴·迪奥普苦求我了结他的生命时我没有照办。"不能杀死一个人两次。"我的灵魂对我低语道。它继续对我低语："你已经杀了你的儿时伙伴，就在作战那天，在你嘲笑他的图腾、逼得他最先冲出战壕的时候。"我的灵魂对我低语："等一等，再等等。再过一会儿，不用你帮他，马丹巴自己就会死去，那时你就明白了。你明白就算他哀求你了结他，你也不会这么做，因为这样你就不必自责，怪自己干了那件脏活。"我的灵魂继续低语："等一等，再过一会儿你就会发现，自己才是马丹巴·迪奥普的蓝眼敌人。你用语言杀了他，用每一句话将他开膛破肚，用吐出的字眼吃掉了他的五脏六腑。"

　　想到这里我才意识到，自己是个 dëmm，是个噬魂者，这两者几乎没有区别。我觉得这样也挺好的，从此以后，我可以在灵魂的深处向自己坦诚一切。是的，我对自己说，我应该是个 dëmm，一个噬魂者。但一想到这里，我又对自己说，我不该相信这样的事，绝不可能有这样的事。这并不是我本人的想法。我任由我灵魂的大门向其他思想敞开，并把别人的想法当成了自己的想法。我不再聆听自己思想的声音，却听从了那些惧怕我的人的声音。我们在独立思考时，一定要小心，别让他人的思想经过伪装，偷偷混入自己的脑袋，哪怕是父母的想法、祖父的想法，还有兄弟姐妹、朋友甚至敌人费心掩饰的想法。

因此，我并不是 dëmm，一个噬魂者。这都只是那些恐惧我的人的想法。我也不是野蛮人。只有我的白人军官和蓝眼敌人才会这么想。我的玩笑话、我嘲笑马丹巴图腾的伤人话是造成马丹巴死亡的真正原因，这些才是我的想法，属于我自己的想法。就是因为我的大嘴巴，他才会那样一边吼叫着一边冲出地腹，为了向我证明我已知晓的那份勇气。问题在于要搞清楚为何我要嘲笑胜似兄弟的朋友的图腾。必须弄明白为何我的脑袋里会蹦出如此伤人的话语，那些话咬起人来跟战场上的铁蝗虫一样疼。

实际上，我爱马丹巴，我那胜似兄弟的兄弟。按照安拉的真意，我是那么爱他。我多么害怕他死去，也多么渴望同他一起安然无恙地回到甘焦勒。我愿意付出一切代价，只求他还能活着。战场上我总是紧跟在他后头。每当阿尔芒上尉吹响进攻哨，提醒对面的敌人我们马上就要吼叫着冲出战壕了，警告他们是时候向我们开炮攻击，我总是紧贴着马丹巴，这样一来，射伤他的子弹会先射伤我，杀死他的子弹会一并了结我，没打到他的子弹也一定伤不到我。按照安拉的真意，在战场上冲锋陷阵的时候，我们一直并肩作战。我们总是步调一致地狂吼着冲向对面的敌人，同时射出子弹，我们就像同一日或同一夜从母亲肚子里娩出的孪生兄弟。

　　但是，按照安拉的真意，我想不通。我怎么也想不通自己为什么在那一天会嘲讽马丹巴·迪奥普不够勇敢，说他不是一个真正的战士。独立思考并不意味着什么都能想明白。按照安拉的真意，我想不通为什么在那一天，在血腥的战场上，自己会无缘无故用言语杀了马丹巴·迪奥普，我不想他死，我希望战争之后我们可以一起安然无恙地回到甘焦勒。我一点也想不通。

第九章

当我带回第七只断手后，大家终于受够了。无论是白兵还是巧克力兵，无论是长官还是普通士兵，他们所有人都受够了。阿尔芒上尉认为我一定是太累了，无论如何都得休息休息。为了告知我这个决定，他将我喊去了他的防空洞。在场的还有个巧克力兵，比我年长得多，军衔也比我高。这位曾获得十字勋章的巧克力兵看上去很害怕，他负责将上尉的话翻译成沃洛夫语说给我听。可怜的老兵也同别人一样认为我是个 dëmm，是个噬魂者，他就像风中的一片小叶子似的瑟瑟发抖，瞧都不敢瞧我一眼，左手攥紧护身符，悄悄插在兜里。

同别人一样，他害怕我吃掉他的魂魄，将他抛给死神。和别的白人和黑人士兵一样，这个土著兵易卜拉希马·塞克撞上我的眼神时会吓得发抖。夜色降临，他静静地祷告了许久。夜色降临，他长时间拨弄手上的念珠，提防着我，警惕着我身上的这股晦气。夜色降临，他自我净化着。但与此同时，这位老兵还得战战兢兢地向我转达上尉的话。按照安拉的真意，他心惊胆战地告诉我，我被破例准许在后方休整整一个月的假！因为易卜拉希马·塞克认为，上尉的命令对我来说不是个好消息。因为这位得了十字勋章的老兵认为，我知道要跟我的食品柜、猎物和狩猎场分开肯定会不高兴。易卜拉希马·塞克认为，像我这样的巫师一定会对带来坏消息的人大发怒火。按照安拉的真意，一旦夺去这个巫师士兵整整一个月的口粮，夺走所有他要在战场吞噬的灵魂，无论是敌人的还是自己人的，大家都只剩死路一条。易卜拉希马·塞克认为，我一定会把他看做害得自己吃不到战友以及敌人魂魄的罪魁祸首。因此，为了躲过毒眼，为了不受我的怒火的惩罚，也为了将来有一天自己能够向子孙炫耀十字勋章，这位老兵每翻译一句话都这样开头："上尉说……"

"阿尔芒上尉说你应该好好休息一下。上尉说你非常非常的勇敢，但同时也太累了。上尉说他欣赏你的勇气，你非常、非常勇敢。上尉说你也会像我一样获得十字勋章……什么？你已经有了？……上尉说兴许你会再得一枚新的。"

是的，我知道，我明白，阿尔芒上尉不想再看见我出现在战场上了。这位巧克力老兵易卜拉希马·塞克、十字勋章获得者转达的话背后的潜台词，我读懂了，我明白大家都已经无法忍受我带回来的那七只断手了。是的，我明白了，按照安拉的真意，战场上人们需要的只是短暂的疯狂。发怒的疯子，痛苦的疯子，凶残的疯子，但都只能疯狂一时，不能一直疯下去。战斗结束后，我们应该收起自己的愤怒、痛苦与狂暴。痛苦可以被原谅，如果能独自承受，我们可以将痛苦带回战壕。但是愤怒与狂暴，这两者不可以被带回来。在返回战壕前，所有人都该卸下自己的怒火与狂暴，将它们抛却，否则就违背了战争的游戏规则。在上尉吹响了宣布撤退的口哨时，疯狂成了禁忌。

我知道，我明白，上尉还有易卜拉希马·塞克，这位获得十字勋章的土著兵，他们都不愿看见我们总是显露出作战时的怒火。按照安拉的真意，我明白，在他们眼中，我带回了七只断手就意味着将叫喊与嘶吼带回了一个本该平静的地方。当大家看到对面敌人的断手时禁不住会自问："如果这是我的手呢？"大家禁不住会想：

"我真是受够了这场破战争。"按照安拉的真意，在每场战斗之后，我们又会对敌人恢复人性。我们不会长时间地拿敌人的恐惧来消遣，因为我们自己也同样恐惧。这些断手，就是恐惧，从外面的战场被带回了战壕里。

"阿尔芒上尉再次对你的勇敢表示感激。上尉说你将有一个月的休假。上尉想知道你……嗯……把那些断手……放哪里了。"

就在这时，我听见自己毫不犹豫地回答："那些手都没了。"

第十章

　　按照安拉的真意，上尉和老兵易卜拉希马·塞克把我当成了傻瓜。我可能有点古怪，但我并不傻。我永远不会说出我把那些断手藏在了哪儿。这些手是我的，我知道它们属于哪几个蓝眼敌人。我认得出它们每一只从哪儿来。这些手背上长着金色或者红色的汗毛，长黑毛的很少。一些手很胖，另一些则干巴巴的。一旦被我从胳膊上卸下来，它们的指甲就会变黑。其中一只比别的都小，像女人或是大孩子的手。在腐烂之前，这些手会渐渐变僵。所以，为了把它们储存下来，从第二只手开始，我就溜进战壕的厨房里，仔细地、很仔细地给这些手撒上粗盐，然后把它们放在熄灭的炉子里，埋在热灰底下。我把它们在那儿放上一整夜。早上，很早很早，我去把它们取回来。第二天，再给它们撒盐，然后放在老地方。天天如此，直到它们变得跟鱼干一样。我熏干这些蓝眼睛的手，有点像我们那里的人把鱼做成鱼干，以便能够长久地保存。

现在我的七只手——原本是八只，因为让-巴蒂斯特开的玩笑，我失去了一只——现在我的七只手已经失去各自的特点了。七只都一模一样，七只都像骆驼皮一样又棕又亮。手上金的、红的或是黑的汗毛都不见了。按照安拉的真意，手上的雀斑和痣也都消失了。它们全都变成了深褐色。它们变得干瘪。这些干瘪的肉再也没有半点机会发腐了。几乎没人能凭着气味找到它们，除了老鼠。它们被藏在了安全的地方。

我想到我的手不止有七只，是因为我的战友，那个爱开玩笑、插科打诨的让-巴蒂斯特从我那里偷走了一只。我任由他偷去了，因为那是我割下来的第一只手，而且那只手已经发腐了。我那时候还不知道该拿它怎么办。我还没想到可以像甘焦勒渔夫的妻子们做鱼干那样把这些手熏干。

在甘焦勒，人们会先仔细地、很仔细地给河鱼或者海鱼撒上盐，然后把它们晒干或者熏干。但是这里没有真正的阳光。这儿只有冷冰冰的太阳，什么都晒不干。泥浆依旧是泥浆。血也晒不干。弄干制服只能靠火。我们就为了这个而生火。并不只是为了取暖：主要是为了把自己烘干。

我们在壕沟里生的火很小。上尉说，禁止生旺火。因为没有火就不会有烟，上尉说。对面敌人一旦看到我们的战壕升起烟，一旦察觉到一丝烟，哪怕是香烟冒出来的一丝烟，只要被他们敏锐的蓝眼睛发现，他们就校准排炮，朝我们开火。和我们一样，对面敌人会漫无目的地朝战壕发射炮弹。和我们一样，对面敌人会冷不丁地开始扫射，哪怕是在那些停止攻击的休战日。所以说，最好还是别给敌人的炮兵留下什么记号。最好还是，按照安拉的真意，别让敌人通过火堆冒出来的青烟发现我们的位置！所以，我们的制服永远干不透，所以，我们的衬衣，我们所有的衣服，总是潮湿的。于是我们试着生不冒烟的小火。我们把厨房的烟囱通到了战壕后方。于是，按照安拉的真意，我们尽量做到比那些长着敏锐蓝眼睛的敌人更加机灵。这样，厨房的炉子就成了唯一一处供我熏干手的地方。按照安拉的真意，它们全都得了救，哪怕是已经腐坏了的第二只手和第三只手。

一开始，我把敌人的手带给战壕里的朋友时，他们都高兴坏了，甚至还会去摸摸。从第一只到第三只，他们还敢碰。有些人甚至一边说着玩笑话，一边朝它们啐唾沫。自从我带第二只敌人的手回战壕之后，我的朋友让-巴蒂斯特就开始翻我的东西了。他偷了我的第一只手，我任由他偷去了，因为它已经开始腐烂，开始招来老鼠了。我从没喜欢过第一只手，它长得不漂亮。它的手背上长着红色的毛，而且我割得也不好看，没能把它从胳膊上好好地卸下来，因为我当时还不熟练。按照安拉的真意，当时我的砍刀还不够锋利。之后，凭着经验，从第四只手开始，靠我那把砍刀上锋利的刀刃，我一刀就能把它们从胳膊上砍下来，十分利落的一刀。在上尉吹响冲锋哨之前，我总会花上几个钟头把刀磨尖。

　　我的朋友让-巴蒂斯特翻了我的东西，偷走我不喜欢的第一只敌人的手。在战壕里，让-巴蒂斯特是我唯一一个真正的白人朋友。他是唯一一个在马丹巴·迪奥普死了之后过来安慰我的白兵。其他人拍拍我的肩，巧克力兵在马丹巴被运到后方之前为他念祷词。那些巧克力兵没再跟我谈起过马丹巴，因为对于他们来说，马丹巴不过是所有死去战友中的一个。和我一样，他们也同样失去了胜似兄弟的兄弟。他们也同样在心里为他们哀悼。当我把马丹巴·迪奥普开膛破肚的尸体带回战壕的时候，只有让-巴蒂斯特不仅只是拍拍我的肩。那个脑袋圆圆的、长着一双外凸的蓝眼睛的让-巴蒂斯特照顾了我。让-巴蒂斯特拖着他的小身板，用他那双小手帮我洗衣服。让-巴蒂斯特给我递烟。让-巴蒂斯特和我分食他的面包。让-巴蒂斯特跟我分享他的笑容。

所以，当让-巴蒂斯特为了从我那儿偷走第一只敌人的手而去翻我东西的时候，我任由他去了。

让-巴蒂斯特玩那只断手玩得不亦乐乎。让-巴蒂斯特因为那只已经开始腐烂的手笑个不停。在他刚把手偷走的那个早上，从早饭开始，当大伙儿还没完全睡醒的时候，他一波接一波地跟我们握了手。当他跟所有人都打过招呼之后，我们才知道，才明白过来，他伸过来的那只是敌人的断手，而不是他自己的手，他把自己的手藏在制服的袖子里。

后来那只敌人的手到了阿尔贝手里。当阿尔贝意识到让-巴蒂斯特让他握了敌人的手之后，他气得大叫。阿尔贝叫嚷着把那只敌人的手扔在地上，所有人都被逗笑了，按照安拉的真意，所有人，就连士官和上尉都在笑他。让-巴蒂斯特朝我们喊道："这帮蠢货，你们全都跟敌人握了手，都该到军事法庭去受审！"大家听了又笑起来，就连那个被授予十字勋章的巧克力老兵，那个给我们解释让-巴蒂斯特在喊些什么的易卜拉希马·塞克，也笑了起来。

第十一章

但是，按照安拉的真意，那第一只断手没有给让-巴蒂斯特带来多少好运。让-巴蒂斯特没能跟我做很久的朋友。不是因为我们不喜欢彼此了，而是因为让-巴蒂斯特死了。他死了，死相非常非常难看。他死了，头盔上挂着我那只敌人的手。让-巴蒂斯特太喜欢开玩笑了，他太爱做蠢事。但玩笑是有限度的，在敌人的蓝眼睛底下玩敌人的手就很不妥。让-巴蒂斯特不该去挑衅，他不该去嘲弄他们。对面的敌人已经心怀不满。他们不愿意看到他们战友的手被插在罗萨里刺刀的刀尖上。他们受够了看到那只手在我们的战壕上头晃来晃去。按照安拉的真意，他们受够了让-巴蒂斯特做的蠢事，让-巴蒂斯特晃着插在刀尖上的手，对他们扯着嗓子大喊："臭德国佬，臭德国佬!"让-巴蒂斯特好像变成了一个疯子，而我，我知道，我明白是为什么。

让-巴蒂斯特成了一个挑衅滋事的人。自从他收到那封带香味的信，让-巴蒂斯特就试图引起那些望远镜后头的蓝眼敌人的注意。看着他读信时的表情，我就知道了原因，我明白了是怎么一回事。在打开那封带香味的信之前，他满脸带着笑，闪着光。读完那封带香味的信，让-巴蒂斯特的脸发灰了，再没了光彩。只有笑还挂在脸上。但他的笑不再是幸福的笑了。他的笑变成了不幸的笑。像哭一样的笑，不是滋味的笑，伪装的笑。从那封带香味的信之后，让-巴蒂斯特就开始用那第一只敌人的手冲着对面的敌人摆粗俗的手势。让-巴蒂斯特一边喊他们鸡奸痞子，一边在战壕上空摇晃着那只被插在罗萨里刀尖上的敌人的手，那只竖起了中指的手。他一边喊着"德国鬼子！鸡奸痞子！"，一边举起胳膊挥动着枪，好让敌人的蓝眼睛接收到他的信息，好让他们清清楚楚地看到那根竖起来的中指。

阿尔芒上尉让他把那只手合上。像让-巴蒂斯特那样晃来晃去的，对谁都没有好处。让-巴蒂斯特无异于在战壕里点了一堆火。这种侮辱有着和烟一样的效用。鼓动对面的敌人开枪的效用。这无异于在向敌人暴露自己。上尉并没有下令，不需要去搭上一条命。按照安拉的真意，我知道，我明白，上尉和其他人也都明白，让-巴蒂斯特是在找死，他要惹怒那些蓝眼敌人，好让他们对他瞄准。

所以，在上尉吹响冲锋哨、我们嚎叫着从战壕里冲出去的那个早上，那些蓝眼敌人没有立马开始扫射。在开始扫射之前，那些蓝眼敌人等了二十下呼吸的时间——找到让-巴蒂斯特的时间。按照安拉的真意，为了找到让-巴蒂斯特，时间不能少于二十下呼吸。我知道，我明白，我们所有人都清楚为什么他们没有立马对我们开枪。就像上尉说的，那些蓝眼敌人对让-巴蒂斯特怀恨在心。按照安拉的真意，他们受够了他边喊"德国鬼子鸡奸痞子"，边在战壕上空摇晃着那只被插在罗萨里刀尖上的战友的手。对面敌人合计好要在下一次法国人进攻的时候杀死让-巴蒂斯特。他们商量说："我们要让那个家伙死得难看，看他以后谁还敢。"

让-巴蒂斯特，那个让我们觉得他在寻死的蠢蛋，使出了所有的招数来帮敌人完成这项任务。他把那只敌人的手挂在了头盔前面。手已经腐烂，他给它裹上了白布，他一个手指接着一个手指，就像上尉说的，为它缠上了一层白布。让-巴蒂斯特事儿办得很漂亮，因为这只挂在头盔前头的手，这只竖着中指、其他指头合着的手非常显眼。蓝眼敌人毫不费力地瞄准了他。他们手里有望远镜。在望远镜里，他们瞧见了一个小个头士兵头盔上的白点。这大概花去他们五次呼吸的时间。他们对准了望远镜，看见那个小白点在冲着他们竖中指。又是五次急促喘息的时间。但是为了瞄准，时间花得大概更久一些，最少过了十次缓慢呼吸的工夫，那个拿他们战友的手取笑他们的让-巴蒂斯特实在是太可恨了。他们准备用炮轰他。当他们把炮筒的准星瞄准他的时候，离冲锋哨吹响已经过了二十次呼吸那么久，对面敌人应该很高兴。当他们从望远镜里看到让-巴蒂斯特的脑袋被炸飞的时候，甚至应该是非常非常高兴。他的脑袋、他的头盔，还有那只挂在头盔上的敌人的手，全被炸得粉碎。看到他们的耻辱在罪人的头上被炸得粉碎，这应该会让他们——那些长着一对蓝眼睛的敌人很得意。按照安拉的真意，他们大概会给完成了这漂亮一击的战友递根烟。他们大概会在我们的进攻之后拍拍他的肩，请他喝酒。他们大概会为了这一击给那个炮兵鼓掌。他们没准已经编出了一首歌来向他致敬。

　　按照安拉的真意，从敌人的战壕里传出来的那首歌没准就是在向他致敬，就在那天夜里，让-巴蒂斯特在袭击中死掉的那天夜里，就在上尉说的那片无主之地，我从对面一个敌人的身体里掏出了他的内脏，然后砍下了第四只敌人的手。

第十二章

对面那群蓝眼敌人在唱歌，我听得很清楚，因为那一晚我就在他们的战壕边。按照安拉的真意，我在他们的老巢边上匍匐，而他们没有发现我，我等着，等他们唱完就逮出来一个。等到他们安静下来，等到他们打起了盹，我就从里面拽了一个出来，就像把一个婴儿从妈妈的肚子里拽出来一样，迅速而平稳，以减少动静、避免冲突。像这样直接从他们的战壕里拎出来一个，这是第一次，也是最后一次。就这样直接从他们的战壕里拎出来一个，是因为我希望逮到那个杀了让-巴蒂斯特的炮兵。那一晚，按照安拉的真意，为了替我的朋友，那个因为一封带香味的信而寻死的让-巴蒂斯特报仇，我冒了很大的险。

为了接近他们的战壕，我在带刺的铁丝网底下爬了几个小时。为了不被他们发现，我浑身滚满了泥。炮弹炸掉让-巴蒂斯特的头之后不久，我就扑倒在地，在泥里爬了几个小时。当我爬到敌军战壕附近的时候，距离阿尔芒上尉吹响集结号已经过了很久，敌军的战壕也敞开着，就像一个无边无际的、广袤得像大地一样的女人的阴部。我不停地逼近敌人世界的边缘，我等着，等待着。他们唱男人的歌，唱战士的歌，在星空下，他们唱了很久。我等着，等他们睡下。除了一个。除了那个靠着战壕的内壁抽烟的人。战场上不该抽烟，否则会暴露自己。因为他抽的烟，我发现了他，这全拜从战壕里升起来的那缕青烟所赐。

按照安拉的真意，我冒了很大的险。一发现左边离我几步远的地方有一缕升上夜空的青烟，我就像条蛇一样沿着战壕匍匐。我从头到脚都裹满了泥。我像一条大地色的曼巴蛇，大地看着它匍匐。没人看得见我，我爬，一直爬，以最快的速度爬，尽可能接近敌人吐在黑夜里的那缕青烟。我确实冒了很大的险，正因如此，我只在那一晚，为我在战场上寻死的白人朋友冒了唯一的一次险。

我不知道战壕里是什么情形，也看不清里面有什么，我贸然把脑袋和胳膊扎进了敌军战壕。为了搜出在

下面抽烟的蓝眼敌人，我盲目地把上半个身子胡乱地扎
进了战壕。按照安拉的真意，我走了运，那片战壕没有
被堵上。我走了运，那个躲在战壕里往夜空吐青烟的敌
人孤身一人。我走了运，在他叫出声来之前我就用手捂
住了他的嘴。按照安拉的真意，我实在走运，我第四
个战利品的主人又小又轻，像个十四五岁的孩子。在
我的收藏品里，最小的那只手就是他的。我那一晚很走
运，没被那个蓝眼小兵的朋友和战友发现。他们应该都
睡了，白天的进攻把他们累垮了，在进攻中，让-巴蒂
斯特第一个就被炮兵给炸死。让-巴蒂斯特的脑袋落地
之后，他们就开始扫射，疯狂地连续扫射，连喘息的时
间都不留。那天，我们的许多战友都送了命。可我却成
功地跑开，射击，卧倒在地，在带刺的铁丝网下匍匐前
行。我边跑边开枪，卧倒，在上尉所说的无主之地匍匐
前行。

　　按照安拉的真意，对面敌人全都疲惫不堪。那一
晚，在唱过歌之后，他们放松了警惕。我不知道为什
么那一晚那个小兵不觉得累。为什么他的战友都去睡
了，他却要去抽烟？按照安拉的真意，上天注定让我抓
了他而不是什么别的人。在深夜里，我在敌人战壕闷热

的窟窿里要找的人是他，这是上天注定的。现在，我知道了，我明白，一切上天注定的东西都没那么简单。我知道，我明白，但我不会告诉任何人，因为自从马丹巴·迪奥普死后，我只想我乐意想的事，只为我自己。我想我明白了，上天注定写下的，不过是一份抄本，不过是人类在尘世间已经写下的东西。按照安拉的真意，我觉得真主之意总是晚于人类行动。他只能收拾残局。他不可能要我到敌人闷热的战壕窟窿里去逮那个蓝眼小兵。

我收集的第四只手的主人没做过什么坏事，我相信。在上尉所说的这片无主之地，在我掏出他的五脏六腑的时候，我就从他的蓝眼睛里看出来了。从他的眼睛里，我看得出来，这是个好男孩，好儿子，他还太年轻，不可能有妻子，但将来肯定会是个好丈夫。我就该在这个时候撞见他，就像不幸和死亡突然降临在无辜的人身上一样。这就是战争：战争发生的时候，真主没能跟上这段人类乐曲的节奏，他来不及一下子理清那么多人的命运之线。按照安拉的真意，这怨不得真主。谁知道他是不是想借我这双黑人的手在战场上把这个小兵杀死，来惩罚他的父母呢？谁知道他是不是想要惩罚他的祖父母，因为还没来得及让他们的子女还债？谁知道呢？按照安拉的真意，有可能是真主对这个小兵一家的惩罚来得晚了些。我很清楚地知道，真主的严厉处罚落到了这家的孙子或儿子身上了。我活生生把这个小兵的五脏六腑从他的体内掏出来，在他的身边堆成了一小堆，这个时候，他和别人一样，痛苦不堪。但是我确实很快就可怜起他来。我减轻了施加在他身上的对他父母或者祖父母的惩罚。只等他那双噙满泪的眼睛哀求了一次，我就了结了他。把我那胜似兄弟的马丹巴·迪奥普开膛破肚的不可能是他。把我的朋友，那个因一封带香味的信而绝望的、爱开玩笑的让-巴蒂斯特的脑袋一弹炸飞的，也不可能是他。

　　当我把头先扎进那个闷热的壕沟里，伸着胳膊不知道会抓到谁的时候，那个蓝眼睛的小兵说不定是在站岗。我带走了他扛在肩上的枪。卫兵不该抽烟。一缕细微的青烟在漆黑的夜里很显眼。我就是这样发现了他，那个蓝眼睛的小兵，我第四个战利品、第四只手的主人。但是，按照安拉的真意，在这片无主之地，我对他动了恻隐之心。他那双噙满泪的蓝眼睛只哀求了我一下，我就了结了他。真主庇护了他。

　　我带着我的第四只手和被它擦拭过、上过油、装过弹、退过膛的那杆枪回到我们的战壕之后，我的那些白人和黑人士兵都像躲死神一样躲着我。我穿过泥地爬回我们的战壕，就像一条捕完老鼠回到窝里的黑曼巴蛇，从那个时候起，再也没人敢碰我。再见到我的时候，没人高兴得起来。他们一定是觉得那第一只手给发了疯的小让-巴蒂斯特带去了噩运，觉得谁要是碰了我，哪怕是看我一眼，就会被毒眼盯上。让-巴蒂斯特不在了，他不再引导其他人朝着好的一面看，高兴地看到我又活着回来。凡事必有两面：一面好，一面坏。让-巴蒂斯特还活着的时候，他会把我的战利品好的一面展现给其他人。"瞧瞧，我们的朋友阿尔法又带着一只新手和一杆枪回来了。快活起来吧，伙伴们，照我看，德国鬼子落在我们身上的枪子儿又少了些！德国鬼子缺了手，就没法打枪啦。向阿尔法致敬！"其他的士兵，不管是黑人还是白人，无论是巧克力兵还是白兵，都被他引来向我祝贺，庆祝我把战利品带回来，带回我们那个朝天空敞着口的壕沟。所有人都为我鼓掌，直到第三只手。我有胆量，我有着自然赋予的力量，上尉这样说过好多次。按照安拉的真意，他们喂我吃好的，他们帮我洗身子，尤其是让-巴蒂斯特，他非常爱我。但是，让-巴蒂斯特死的那天晚上，我回到了我们的战壕，像一条捕猎回来的曼巴蛇钻进地下蛇窝，而他们就像躲死神一样躲着我。相较于好的一面，我的罪行的坏的一面占了上风。黑人士兵开始低声传言，说我是个巫师士兵，是个 dëmm，是个噬魂者，那些白兵也信了他们的话。按照安拉的真意，任何事物都有它的反面。在第三只手之前，我还是战地英雄，到了第四只手，我成了危险的疯子，一个嗜血的野蛮人。按照安拉的真意，事情就是这样，世界就是这样：凡事必有两面。

第十三章

他们认为我是个傻瓜，可我不是傻瓜。上尉和获得十字勋章的巧克力老兵易卜拉希马·塞克想要我的七只手来陷害我。按照安拉的真意，他们想要我野蛮行径的证据，把我关进监狱，不过，我永远不会告诉他们我把这七只手藏在了哪里。他们不会找到。他们想不到这些干瘪的、裹上布的手藏在哪个阴暗角落。按照安拉的真意，没有这七个证据，他们只能暂时把我送到后方，让我休养。按照安拉的真意，他们没有别的法子，只能希望等我回来后蓝眼敌人会干掉我，悄无声息地摆脱我。打仗的时候，如果跟自己一方士兵有了矛盾，就让敌人来了结他。这更方便。

就在我带回第四只和第五只手当中的那段时间里，阿尔芒上尉吹响冲锋哨时，那些白兵不再听他的命令了。某一天，他们说："不，我们受够了！"他们甚至告诉阿尔芒上尉："您的冲锋哨是白吹了，只会提醒对面的敌人，在我们冲出战壕时扫射我们，我们不会再冲出去。我们不愿为您吹响的哨声送死！"上尉回答道："什么，你们竟敢违抗军令？"白兵们立刻回答："是的，我们不愿再听您那送命哨的指挥！"等上尉确信这些人不愿再听从命令，等他看到他们只有七个人，而不是一开始的五十个，他把这七个触犯了军法的士兵叫到我们中间，给我们下了令："把他们的手绑到背后！"等这些兵的手被绑到背后，上尉冲他们喊道："你们是胆小鬼，是法兰西的耻辱！你们害怕为祖国献身，那么，你们今天就去送死吧！"

上尉接下来叫我们做的事，实在是太卑鄙了。按照安拉的真意，我们从没想过要像对待对面的敌人那样对待自己的战友。上尉叫我们用上满子弹的步枪瞄准他们，假如他们敢违抗他最后的命令，就打死他们。战壕向天空敞着口，我们站在战壕的一头，叛变的战友站在另一头，离我们只有几步远。叛变的战友背朝着我们，面向一级级台阶。共有七级台阶。那是我们凿出的七级台阶，向对面敌人发起袭击时，我们就踩着这些台阶冲出战壕。等所有人都就位了，上尉朝他们喊道："你们背叛了法兰西！不过，听我最后命令的人，死后可以得到十字勋章。至于那些不听话的，我会给你们的家人写信，说你们是逃兵，是向敌人投降的叛徒。叛徒拿不到抚恤金。你们的家人一分钱也拿不到，一分钱也没有！"接着，上尉吹响了冲锋哨，让我们的战友冲出战壕，好让对面的敌人把他们一一击毙。

　　按照安拉的真意，我从来没见过这么卑鄙的事。就在上尉吹响冲锋哨之前，七个叛兵中有人的牙齿在打颤，还有人尿了裤子。上尉吹响了哨声，那声音真是可怕。如果不是在这样一个危机的时刻，我们可能会笑出来。因为叛变战友的双手被绑在背后，对于他们来说，爬上那六七级台阶实在太艰难了。他们踉踉跄跄，滑下来，坐倒在地，因恐惧而大声嚎叫，因为对面的蓝眼敌人已经明白，上尉给他们献上了羔羊。按照安拉的真意，那个杀死我好伙伴让-巴蒂斯特的炮兵看到了献上的礼物，他毫不迟疑，立刻送上了三颗狡猾的炮弹，不过，这三颗炮弹都错过了瞄准的对象。第四颗炮弹落在了一个刚刚爬出战壕的叛兵身上，那是一个勇敢的战友，为了妻子和孩子而冲出战壕，他的五脏六腑都被炸了出来，黑血溅满我们一身。按照安拉的真意，我已习惯了这样的场景，可是我的白人和黑人战友们却没经历过。我们所有人都大哭起来，尤其是那些叛变的战友，他们被判决要冲出战壕，一一赴死，死后还拿不到十字勋章，就像上尉说的那样。他们的父母拿不到抚恤金，妻子和孩子也拿不到抚恤金。

按照安拉的真意，带头叛乱的士兵是个勇士。带头叛乱的士兵叫阿尔丰斯。按照安拉的真意，阿尔丰斯是个真正的战士。真正的战士不怕死。阿尔丰斯踉踉跄跄地冲出战壕，仿佛一个残疾人，他一边冲一边喊："我现在知道为什么要死了！我知道为什么。奥黛特，是为了你的抚恤金！我爱你，奥黛特！我爱你，奥……"接着，第五颗狡猾的炮弹轰掉了他的脑袋，就像轰掉让-巴蒂斯特的脑袋一样，因为对面的炮兵早已瞄准了他。脑浆如雨点般落在我们身上，落在其他叛兵身上，他们害怕像阿尔丰斯那样死去而大声嚎叫。按照安拉的真意，我们所有人都为阿尔丰斯的死而痛哭。获得十字勋章的巧克力老兵易卜拉希马·塞克把阿尔丰斯喊的话翻译给我们听。奥黛特有这样的男人可真是幸运。阿尔丰斯，真是个人物！

在阿尔丰斯之后，还有五个叛兵。还有五个人要在领头闹事的人之后送死。其中一人朝我们转过身来，边哭边喊道："求求你们！求求你们！伙计们……伙计们……求求你们……"这个叛兵叫阿尔贝特，他不在乎十字勋章，也不在乎上尉许诺的死后抚恤金。这个家伙不为他的父母、妻子和孩子着想。也许他并没有家人。上尉说："开火！"我们就开了枪。现在只剩下四个。四个暂时还活着的叛兵。这四个叛兵为了家人都拿出了勇气。这四个兵一个接着一个冒出战壕，摇摇晃晃地，就像刚被斩掉脑袋、还能跑上一小会儿的小鸡仔。对面敌人的炮兵等了有三十下呼吸的时间，仿佛厌倦了浪费炮弹。他看上去在等待，等了有三十下呼吸的时间，用那对蓝眼仔细观察送上门来的祭品。他已经浪费了两三颗炮弹。五颗炮弹，足够了。打仗的时候，长着漂亮眼睛的敌人可不会浪费重型弹药，上尉就这么说。这最后的四个叛兵被普通的冲锋枪成群扫射而死，他们最后的呼喊被堵在了喉咙里。

　　按照安拉的真意，自从七个叛兵被上尉处罚之后，没人再敢造反。没人再敢叛乱。按照安拉的真意，我知道，我明白，等我从后方休假回来，假如上尉想让我被对面敌人干掉，他会成功的。我知道，我明白，如果他想要我的命，他一定会如愿。

　　不过，可不能让上尉知道我已经明白他的把戏。按照安拉的真意，不能说出断手在哪里。当上尉借获得十字勋章的巧克力老兵易卜拉希马·塞克的口问我对面敌人的断手到底在哪里时，我回答道，我不知道，我把它们弄丢了，或许一个叛兵偷走了它们，想给我们所有人带来厄运。"好吧，好吧，"上尉回答道，"就让这些手待在那儿吧。就让这些手待在看不见的地方吧。就这样吧，就这样吧……可是，你应该很累了。你打仗的方式有点太野蛮。我可从没下命令，让你砍掉敌人的手！这不符合军规。不过，我睁只眼闭只眼，只因为你得了战争勋章。说到底，你该明白你们这些巧克力兵上战场该做些什么。你在后方休息一个月，回来后再上战场。你要向我保证，回来后不会再破坏敌人的尸体，明白吗？你应该只满足于杀死敌人，而不能毁他们的尸体。文明人的战争禁止这么做，明白吗？你明天出发。"

　　假如获得十字勋章的巧克力老兵易卜拉希马·塞克不把上尉的话翻译给我听，我是一句也听不懂的。易卜拉希马·塞克的每句话都以"阿尔芒上尉说……"开头。不过，我数了下，上尉的话有将近二十次呼吸的时间，而老兵易卜拉希马·塞克翻译的话只有十二次呼吸的时间。有些话，那个获得十字勋章的巧克力兵没翻出来。

阿尔芒上尉是个小个头，长着一对时常被怒火淹没的黑眼睛。这对黑眼布满仇恨，仇恨所有跟战争无关的事物。对上尉来说，活着，就是打仗。上尉爱战争如同爱一个任性的女人。上尉所有的爱都给了战争。他送它礼物，他拿不计其数的士兵的性命给它献礼。上尉才是个噬魂者。我知道，我明白，阿尔芒上尉是个 dëmm，战争是他的女人，他需要战争才能活下去，而战争也需要他这样的男人来供养。

我知道，我明白，阿尔芒上尉用尽全力和战争持续做爱。我明白，他把我当成了一个危险的对手，能坏了他和战争的好事的对头。按照安拉的真意，上尉不想再留我的命了。我知道，我明白，只要我一回前线，我的命就不保了。按照安拉的真意，我应该把那些断手从隐藏的地方取出来。可是，我知道，我明白，这正是上尉所希望的。他让人监视我，也许就让获得十字勋章的巧克力老兵易卜拉希马·塞克监视我。按照安拉的真意，他想要我的七只手作为枪毙我的证据，以掩护自己，可以继续和战争上床睡觉。在我出发前，他找人搜了我的行李。就像让-巴蒂斯特说的那样，他想要把我逮个正着。不过，我可不是个傻瓜。按照安拉的真意，我明白该怎么做。

第十四章

在后方，我感觉很好，很自在。在这里，我几乎什么都不用自己做。我睡觉，吃饭，有一身白衣的年轻漂亮的姑娘们照顾我，就这些。这里，没有爆炸的轰鸣声，没有机关枪的扫射声，也没有对面敌人发射的让人送命的炮弹的爆破声。

我来到后方并非孤身一人。有七只敌人的手陪着我呢。我从上尉的鼻子和络腮胡下面把它们带了出来。从鼻子和络腮胡下，就像让-巴蒂斯特说的那样。按照安拉的真意，我把它们藏在行李箱的最里面。尽管它们被我细心地裹上了相同的白布，我依旧能认出每一只手。我的战友们，黑人和白人士兵得了上尉的命令，要在我出发时仔细搜查我的行李，不过，他们没敢打开我的行李箱。按照安拉的真意，他们怕极了。我是故意让他们害怕的。在箱子挂锁的地方，我挂上了一个护身符。按照安拉的真意，那是我的父亲、那个老人在我奔赴战场时送我的美丽的红色皮质护身符。我在这个美丽的红色皮质护身符上画了一个东西，来吓跑那些翻弄我行李的间谍，无论他们是黑人还是白人，是巧克力兵还是白兵。按照安拉的真意，我画得很用心。我用一根老鼠的小小的尖骨头沾着混着灯油的灰烬，在红色皮质护身符上画了一只从手腕上砍下的小小的黑手。一只小小的手，真的很小，五根手指头分开，指跟隆起，好像半透明的粉红蜥蜴的爪子，我们那里的人把这种粉红蜥蜴叫作Ounk。Ounk有着粉红的皮肤，它的皮很薄，甚至在黑暗中我们都能看到它的身体内部和五脏六腑。Ounk很危险，它撒的尿有毒。

　　按照安拉的真意，我画的手还真有用。把护身符挂到行李箱的锁扣上后，那些收到上尉命令开箱找七只手的人——我甚至都不需要去藏这些手——不得不跟上尉撒谎了。他们不得不跟上尉发誓，他们白忙乎了半天，没翻到我的七只手。可是，事实上，无论是白人还是黑人，他们不敢去碰我那挂上护身符的行李箱。这些从第四只手起就不敢看我一眼的士兵，哪里有胆子去打开挂上血红护身符的箱子呢？更何况这护身符上文上了一只黑色的小手，五个指跟隆起，好像 Ounk 的爪子？这时候，我很得意，他们把我当成了 dëmm，一个噬魂者。当获得十字勋章的巧克力老兵易卜拉希马·塞克来检查我的行李时，他看到了我那神秘的锁扣，差点要晕倒。他肯定要自责，为何把目光落在那东西上头。所有看见我那神秘锁扣的人，按照安拉的真意，一定会自责，责备自己为何会如此好奇。当我想到所有这些好奇的胆小鬼时，忍不住在心里大笑，哈哈大笑。

　　我从不在人面前笑，只在心里头笑。我的老父亲总是对我说："只有孩子和傻子才会无缘无故地笑。"我已经不再是个孩子。按照安拉的真意，战争让我一下子长大了，特别在我那胜似兄弟的马丹巴·迪奥普死后。可是，尽管他死了，我依旧会笑。尽管让–巴蒂斯特死了，我依旧会在心里头笑。对其他人，我只是面带微笑，我只允许自己露出笑意。按照安拉的真意，微笑就像打哈欠，一个接着一个。我跟人微笑，他们跟我微笑。他们听不到，我跟他们微笑时，心里头在哈哈大笑。很幸运，因为他们把我当成了狂躁的疯子。就好像那些断手一样。那些断手从没说出我让它们的主人遭的罪，它们从没说出热气腾腾的五脏六腑流淌在冰冷的无主之地的情景。断手没有说出我是如何剖开八个蓝眼敌人的肚子的。按照安拉的真意，没人问我断手是怎么来的。甚至连被蓝眼炮兵射出的狡猾炮弹轰掉了脑袋的让-巴蒂斯特也没问。剩下的七只手就好像是我的微笑，它们揭示又隐藏了那些让我偷偷大笑的敌人流出的内脏。

大笑换来大笑，微笑换来微笑。因为在后方的修养所里，我一直微笑，所有人也朝我微笑。按照安拉的真意，那些在黑夜中因脑袋里响起冲锋哨和战争巨大声响而大声嚎叫的巧克力兵和白兵，甚至连他们一看到我微笑，也会对我报以微笑。他们没法不笑，按照安拉的真意，他们没法抵御这股力量。

弗朗索瓦医生是个高个子，瘦瘦的，看上去有点悲伤，但只要我一出现在他跟前，他就对我微笑。就像上尉说的那样，我有着自然赋予的力量，弗朗索瓦医生用眼睛告诉我，我有着俊俏的面孔。按照安拉的真意，弗朗索瓦医生很喜欢我。他跟别人省下的微笑都毫无保留地用在我身上了。这是因为微笑换来微笑。

但是，按照安拉的真意，我用连续不断的微笑换来的、我最喜欢的微笑，是弗朗索瓦小姐的微笑，她是医生身着一袭白衣的众多女儿中的一个。按照安拉的真意，弗朗索瓦小姐跟她的父亲想法一样。她同样用眼睛告诉我，我有着俊俏的面孔。可是，她的目光接下来投向了我的身体中央，我明白，她想的不是我的脸庞。我知道，我明白，我猜她想要跟我做爱。我知道，我明白，我猜她想要看到我全裸的样子。我懂得她的目光，那目光跟法瑞·提阿姆的一模一样，在我启程上战场的几小时前，在离河流不远的乌木林中，法瑞·提阿姆成了我的人，那时，她有着同样的目光。

法瑞·提阿姆牵起我的手，直视着我，接着，目光悄悄地垂下来。然后，法瑞·提阿姆离开了我们那群朋友。在她离开后，我也跟所有人说再见，远远地跟着朝向河流走去的法瑞。在甘焦勒，人们不喜欢在夜里沿着河岸散步，因为他们害怕玛·昆巴·邦女神。感谢人们对于河流女神的畏惧，法瑞·提阿姆和我没遇到任何人。法瑞和我因为太想、太想做爱而不再畏惧。

按照安拉的真意，法瑞甚至都没回一下头。她一直走到离河流不远的乌木林。她钻了进去，我紧跟着她。我找到她时，我猜她应是背靠着树。她面对我站着，在等我。那是个圆月夜，可是乌木一棵棵靠得很近，枝叶遮挡了月亮。我猜法瑞背靠着树，按照安拉的真意，我甚至看不清她的脸。法瑞把我拉到她怀里，我感觉到她没穿衣服。法瑞·提阿姆闻上去有着乳香和浸润着河流植物的水的味道。法瑞脱了我的衣服，我由着她。法瑞牵我的手，让我躺到地上，我就躺在了她身边。在法瑞之前，我没经历过女人，在我之前，法瑞没经历过男人。我无师自通，进入了法瑞身体里面。按照安拉的真意，法瑞身体里面是那么柔软、温热、湿润。我待在里面，很长时间都没动，在法瑞的身体里面颤动着。突然，她开始在我的身下扭动髋部，一开始幅度很小，接着越来越快。假如这会儿我不在法瑞身体里，我肯定会大笑起来，我们看上去应该很滑稽：因为我的腰也开始四处冲撞，法瑞·提阿姆的腰迎合着我的每个动作。法瑞的腰一挺一合，呻吟着，我也呻吟着，腰随着她动。按照安拉的真意，假如这没有如此美妙，假如我能抽出空儿，看着我们两个紧紧贴着、两腿乱蹬的样子，我或许会大笑起来。可是，我没法笑出来，在法瑞·提阿姆的身体里，我只能发出快乐的呻吟。就这样，我们身体紧贴着，摇动着，该发生的发生了。我在法瑞的身体里高潮了，我一边高潮一边叫着。感觉很强烈，比用手美妙多了。法瑞·提阿姆最后也叫了出来。很幸运，没有人听见我们。

当法瑞和我起身的时候，我们几乎站不住了。我看不见黑暗的乌木林中她的目光。不过，月亮圆满，它是那么大，黄得好像一轮反射到浸润着植物的河水上的小太阳。月亮让它周围的星星都黯然失色，不过，乌木林替我们遮住了它的光芒。法瑞·提阿姆穿上了衣裳，她像给小孩子穿衣服一样帮我穿上了衣裳。法瑞亲了亲我的面颊，接着，她朝甘焦勒走去，越走越远，没回一下头。按照安拉的真意，我待在那里看月亮燃烧在河面上。我待在那里，许久许久，盯着流火的河水，什么也不想。按照安拉的真意，那是我在上战场前最后一次见到法瑞·提阿姆。

第十五章

　　弗朗索瓦小姐是弗朗索瓦医生众多身穿白衣的女儿中的一个。她看着我，目光跟法瑞·提阿姆那晚的目光一样，那个晚上，法瑞跟我在流火的河水边做爱。我朝着弗朗索瓦小姐微笑，她跟法瑞一样，都是美极了的姑娘。弗朗索瓦小姐长着一对蓝眼睛。弗朗索瓦小姐对我的第一个微笑就投以回报，她的目光停留在我的身体中央。弗朗索瓦小姐跟她的医生父亲可不一样。按照安拉的真意，她是那么富有活力。弗朗索瓦小姐用她那对蓝眼睛告诉我，她觉得我从上到下都是个俊小伙儿。

　　可是，假如马丹巴·迪奥普，我那胜似兄弟的兄弟还活着的话，他一定会跟我说："不，你撒谎，她没跟你说你是个俊小伙儿。弗朗索瓦小姐可没说她想要你！你撒谎，那不是真的，你连法语都不会说！"可是，我不需要说法语就能懂得弗朗索瓦小姐眼睛里的话。按照安拉的真意，我知道我很英俊，所有人的眼睛都这么说。蓝眼睛，黑眼睛，男人的眼睛，女人的眼睛。法瑞·提阿姆的眼睛这么说，所有甘焦勒的女人，无论老少，她们的眼睛都这么说。我的朋友们，无论男孩还是女孩，当我在沙地上几乎裸着身子搏斗时，他们的眼睛也这么说。甚至连马丹巴·迪奥普，我那胜似兄弟的兄弟，那个矮小、瘦弱的家伙，他的眼睛也忍不住说搏斗时的我是最英俊的。

马丹巴·迪奥普有权利跟我说他想说的任何话，甚至嘲笑我，因为我们之间有可随意开任何玩笑的兄弟情谊。马丹巴·迪奥普可以嘲笑、戏弄我，因为他是我胜似兄弟的兄弟。可是，马丹巴对我的外形没什么好说的。我是那么英俊，当我微笑时，所有人都对我微笑，当然除了那些无主之地的献祭品。当我发现自己有着洁白整齐的牙齿时，马丹巴·迪奥普，这个世界上嘲弄人最拿手的家伙却发现自己的牙齿丑陋不堪。可是，按照安拉的真意，马丹巴永远不可能承认他嫉妒我有一口漂亮的白牙，嫉妒我的胸膛和宽宽的肩膀，嫉妒我的身材，我平坦的腹部和肌肉发达的大腿。马丹巴仅用他的目光告诉我，他既羡慕我又爱我。当我连续战胜四个对手、在月光下浑身流动着暗光、被一群仰慕者包围的时候，马丹巴的眼睛对我说："我嫉妒你，但我爱你。"他的眼睛对我说："我多想成为你，可是，我为你骄傲。"就像这尘世的任何事物一样，马丹巴投向我的目光是双重的。

此刻，我远离了战场，在那儿，我失去了马丹巴，我远离了能轰掉脑袋的狡猾炮弹和从金属色天空落下的通红的大颗子弹，远离了阿尔芒上尉和他的催命哨，远离了获得十字勋章的巧克力老兵易卜拉希马·塞克，我思量着，我真不该嘲笑我的朋友。马丹巴有着一口丑牙，可是他很勇敢。马丹巴长着鸡胸，可是他很勇敢。马丹巴的大腿瘦得吓人，可他是个真正的战士。我知道，我明白，我真不该用词语来刺激他展现出我已知晓的那份勇气。我知道，我明白，因为马丹巴既嫉妒我又爱我，所以在他死的那天，当阿尔芒上尉吹响冲锋哨时，他一下子冲在了前面。那是为了向我展示勇者不需要拥有漂亮的牙齿、美丽的肩膀、宽阔的胸膛和强壮的大腿和手臂。于是，我最终想到杀死马丹巴的不仅仅是我说的话。我说过的关于迪奥普图腾的话，就像从战时天空落在我们身上的金属子弹一样伤人，可杀死马丹巴的，不仅仅是这些话。我知道，我明白，我的美和力量同样也杀死了马丹巴，我那胜似兄弟的兄弟，既嫉妒我又爱我的马丹巴。是我身体的美和力量杀了他，是所有女人落在我身体中央的目光杀了他。这些目光抚摸着我的肩膀、胸膛、臂膀和双腿，在我整齐的牙齿和骄傲的鹰钩鼻上流连，是这些目光杀了他。

甚至在战争还没开始之前，在马丹巴·迪奥普和我还没上战场前，人们就试图拆散我们。按照安拉的真意，甘焦勒的坏人下定决心，要把我们分开，他们已经跟马丹巴说我是个 dëmm，说我会在他睡着时慢慢吸取他的生命。这些甘焦勒人跟马丹巴说——我是从爱我们两个人的法瑞·提阿姆的嘴里听到的，他们说："瞧瞧阿尔法·恩迪亚耶是多么健壮、英俊，瞧瞧你是多么瘦弱、丑陋。他是吸取了你的活力，害了你，让自己更强大，因为他是个 dëmm，是个丝毫不会可怜你的噬魂者。离开他吧，别再跟他来往，不然，你会变成粉末。你的灵魂会慢慢干枯，变成尘土！"可是，尽管听到这些恶言恶语，马丹巴从没有放弃我这个长相英俊的家伙。按照安拉的真意，马丹巴从没相信过我是个 dëmm。相反，当我看见马丹巴嘟着嘴回来时，我毫不怀疑，他一定是为了捍卫我，跟甘焦勒的那些坏人干了一仗。在马丹巴和我出发去法国打仗之前，法瑞·提阿姆都告诉了我。多亏了爱我们两个人的法瑞，我才明白，尽管马丹巴长着鸡胸，胳膊和大腿瘦得吓人，我那胜似兄弟的马丹巴并不害怕比我还强壮的年轻人的拳头。按照安拉的真意，当一个人长着宽胸膛、有着跟我一样结实强壮的臂膀和大腿时，表现出勇气似乎很容易。然而，真正的勇者是像马丹巴那样的人，尽管身体孱弱，却并不畏惧拳头。按照安拉的真意，现在，我承认，马丹巴比我勇敢。可是，我知道，我明白得太晚了，我本该在他死前告诉他。

尽管我不会说法语，说弗朗索瓦小姐的语言，可我明白她落在我身体中央的目光在说什么。弄明白可不太容易。那目光跟法瑞·提阿姆的一样，跟所有想要我的女人的目光一样。

可是，按照安拉的真意，在过去的世界里，除了法瑞·提阿姆，我是不会想要任何其他女人的。法瑞不是我同龄人中最美的姑娘，可是，她的微笑搅动了我的心。法瑞是那么让人心动。法瑞的声音柔美，仿佛清晨静静捕鱼的一叶独木舟划过河面的水波声。法瑞的微笑仿佛晨曦，她的臀部饱满，仿佛隆布尔沙漠上的沙丘。法瑞的眼睛既像母鹿又像狮子。时而如地上的龙卷风，时而如宁静的海洋。按照安拉的真意，获得法瑞的爱，我本可能会失去马丹巴的友情。很幸运，法瑞选了我而不是马丹巴。很幸运，我那胜似兄弟的兄弟给我让了路。多亏了法瑞当着所有人的面选了我，马丹巴才退出竞争。

她是在一个冬夜选的我。我们一帮同龄人宣布要一夜不睡，在马丹巴家的领地上彻夜聊天，用俏皮话来驱除睡意，一直聊到晨曦来临。我们在马丹巴家的院子里，跟同龄姑娘一起喝摩尔茶，吃甜点心。我们大胆地谈论爱情。我们每个人都出了一份子，从村子的小店铺里买了三块摩尔茶砖和一坨用蓝纸包裹的白糖。我们用这些糖做了成百个小黍糕。我们在马丹巴家院子的细沙地上铺上一条条长席。夜晚来临，我们把七个红釉小茶壶放在七个茶炉的炽热底座上，茶炉里火花噼啪作响。我们细心地把小黍糕摆放在从店铺里借来的仿法国釉陶的大金属盘里。我们穿上了自己最美的、颜色最鲜亮的、能在月色中闪光的衬衣。我没有带扣子的衬衣。马丹巴给了我一件，但太小了，尽管如此，当跟我们同龄的十八个姑娘走进马丹巴家领地的时候，我是最闪光的那个。

那时我们都是十六岁，我们都想要法瑞·提阿姆，尽管她不是最美的姑娘。法瑞·提阿姆在所有人中选了我。她一看到坐在席子上的我，就来到我身边，紧贴着我盘腿坐下，左大腿碰到了我的右大腿。按照安拉的真意，我的心跳啊跳啊跳，跳得那么猛，我以为它会冲断我的肋骨。按照安拉的真意，就在那一刻，我明白了什么叫幸福。没有什么能比法瑞在皎洁的月光下选择我更让人快乐了。

那时我们都是十六岁，我们想放声大笑。我们一个接着一个讲着内容隐晦的好笑的小故事，我们自己编了一些谜语。马丹巴年幼的弟妹凑在我们里头，听着听着都睡着了。我觉得自己是整个大地的国王，因为法瑞选了我没别人。我的右手拉着法瑞的左手，紧紧握着它，她由着我，满是信任。按照安拉的真意，法瑞·提阿姆无与伦比。可是，法瑞不愿意给我。在这个她从所有的同龄人里选中我的夜晚之后，每一次我求她让我进入她的身体，她都拒绝。法瑞四年里总是说

"不""不""不"。相同年龄的男孩和女孩是不能做爱的。即便他们彼此选中，成为一辈子的亲密朋友，相同年龄的男孩和女孩是不能结成夫妇的。我明白，我知道这个让人无法忍受的法则。按照安拉的真意，我知道祖宗的规矩，但是，我没法接受。

或许，在马丹巴死之前，我就已经开始独立思考了。就像上尉说的那样，没有火就不会有烟。就像一句颇尔人游牧部落的谚语："曙光知晓一天的好坏。"或许，我的灵魂开始质疑责任的声音，它浑身光鲜，衣冠楚楚，把自己包裹得很诚实。或许，我的灵魂已经开始准备对那些被视为人道的不人道法则说"不"。尽管法瑞拒绝，我还是怀有希望，即便我知道，我明白法瑞为什么直到马丹巴和我奔赴战场的前夜一直说"不"。

第十六章

　　按照安拉的真意，弗朗索瓦医生是个好人。弗朗索瓦医生给我们时间来思考，让我们直面自己。弗朗索瓦医生把我和其他人叫到一个大厅里，那儿有着和学校一样的桌椅。我从没上过学，可马丹巴上过。马丹巴会说法语，我不会。弗朗索瓦医生像个老师。他叫我们坐在椅子上，他的女儿、一身白衣的弗朗索瓦小姐在每张桌子上都放上一张纸和一支铅笔。接着，弗朗索瓦医生比画着手势，叫我们画画，想画什么就画什么。我知道，我明白，弗朗索瓦医生的一对蓝眼睛在镜片后显得更大了，他透过镜片看到了我们脑袋里的东西。他的一对蓝眼睛跟想要用狡猾的炮弹轰掉我们脑袋的对面敌人的眼睛不一样。他的一对蓝眼睛具有穿透力，仔细琢磨着我们，想要拯救我们的脑袋。我知道，我明白，我们的画能帮他洗刷我们布满战争污秽的灵魂。我知道，我明白，弗朗索瓦医生能净化我们被战争糟蹋的脑袋。

按照安拉的真意，弗朗索瓦医生让人心宁。弗朗索瓦医生几乎不跟我们说话。他只用眼睛跟我们说话。这正好，因为我不会说法语，我跟马丹巴不一样，他上过白人的学校。于是，我用画画来跟弗朗索瓦医生说话。弗朗索瓦医生很喜欢我的画，这是他在微笑着看我时，用那对大大的蓝眼睛告诉我。弗朗索瓦医生点点头，我就能明白他要跟我说什么。他想跟我说我的画非常美，生动得能说话。我知道，我很快就明白，我的画在讲我自己的故事。我知道，我明白，弗朗索瓦医生看我的画就像在读故事。

我在弗朗索瓦医生给我的纸上首先画了一个女人的头像。我画下了母亲的头像。按照安拉的真意，母亲在记忆中是那么美，在我的画里，她梳着颇尔人的发型，佩戴着颇尔人的首饰。弗朗索瓦医生看到我描绘的美丽细节惊叹不已。他在镜片后的那对大大的蓝眼睛明明白白地告诉了我。我只用一支铅笔就让母亲的头像变活了。我知道，我很快就明白是什么让铅笔下的头像活过来，让我母亲的肖像活过来。让一张纸活起来的，是光和影的游戏。我在母亲的大眼睛下打了亮光。亮光从没被铅笔涂黑的白色线条中闪现出来。她的头像的生命力也从我用铅笔轻轻涂黑的细小阴影里透出来。按照安拉的真意，我知道，我明白，我找到了方法，仅用纸和笔就能向弗朗索瓦医生讲述我的颇尔族母亲是多么的美丽，她戴着沉重的螺旋纹金耳环，笔挺的鼻翼上戴着红金的鼻环。我可以告诉弗朗索瓦医生，在我的儿时记忆里，我的母亲是多么的美，她的红唇后有一口美丽而整齐的白牙，她那厚重的发辫里缀满了金饰。我用光和影来勾勒她。按照安拉的真意，我想，我的画是那么富有生命力，弗朗索瓦医生应该从我画出的母亲的嘴里听到了她的故事，她离开了，却并没有忘记我。她虽然离开了，把我留给了我的父亲、那个老人，可是，她始终爱我。

　　我的母亲是我父亲的第四个也是最后一个妻子。我的母亲是他的快乐之泉，随后，又成为他的悲痛之源。我的母亲是约鲁·巴的独生女。约鲁·巴是个颇尔族放牧人，每年夏季往南方放牧的时候都赶着他的牛群经过我父亲的田地。他的牛群来自塞内加尔河谷，每当旱季，会去紧挨着甘焦勒的尼亚耶的长青草原。约鲁·巴喜欢我父亲、那个老人，因为我父亲让他从我家的甜水井里打水。按照安拉的真意，甘焦勒的农民不喜欢颇尔族放牧人。不过，我父亲跟别的农民不一样。我父亲在田地里为约鲁·巴的牛群专门开了一条通向水井的道。我父亲总是对愿意听他话的人说，要让所有人都有生路。好客之道在我父亲的血液里流淌。

一个真正的颇尔人不会白白接受如此美好的礼物。一个像约鲁·巴一样的真正的颇尔人，他赶着牛群经过我父亲的田地，从我父亲的井里打水给牲畜喝，必将回赠一份非常非常重要的礼物。按照安拉的真意，我的母亲这样告诉我：一个受人之礼的颇尔人，若不能做出回赠，可能会忧伤而死。她说，一个颇尔人如果身上只剩下衣裳，能脱下衣裳送给"格利奥"①。她说，一个真正的颇尔人如果别无他物，只剩下自己的身子可给，甚至可以割下一只耳朵送给"格利奥"。

约鲁·巴是个鳏夫，除了那群白的、红的和黑的牛，对他而言，最为珍贵的是他六个孩子中唯一的女儿。按照安拉的真意，对约鲁·巴来说，他的女儿潘

---

① 格利奥（Griot）为西非沃洛夫族的说书人，身兼歌手、音乐家以及历史家的角色，他们经常在酒席上为人助兴，或是吟唱主人的赞美歌。

多·巴是无价之宝。在约鲁·巴看来，他的女儿配得上王子。潘多本可以给他带来一笔王室聘礼，至少是跟他的牛群一样规模的牛群，或是北方摩尔人的三十匹单峰骆驼。按照安拉的真意，这是我的母亲讲给我听的。

约鲁·巴是个真正的颇尔人，他跟我的父亲、那个老人宣布，在下一个夏牧时节，他会把女儿嫁给我父亲。约鲁·巴嫁女儿不要聘礼。他只要一样东西，要我父亲定下迎娶潘多的日子。约鲁·巴还会提供嫁妆，他会为新娘买新衣和螺纹金首饰，在婚礼当天，他还会从自己牲群里宰杀二十头牛。他会给"格利奥"几十米绣花的厚重"巴赞"①或法国制造的柔软印花棉作为赏金。

一个真正的颇尔人，要把心爱的女儿嫁给你以回报对牛群的好客之道，你不能说"不"。你可以问一个真正的颇尔人"为什么"，但不能对他说"不"。按照安拉的真意，我父亲问约鲁·巴"为什么"，听我的母亲说，约鲁·巴是这样回答的："巴西鲁·昆巴·恩迪亚耶，你虽是个普通农民，却很高尚。一句颇尔谚语说：'人

---

① 巴赞（bazin）是一种精美的全棉提花布料，是西非当地人出席隆重场合的首选服装面料。

只要不死，就在不断地被创造。'我这辈子见过很多人，可是没有人跟你一样。我受益于你的智慧，自己也长了智慧。因为你有着王子般的好客之道，我把我的女儿潘多嫁给你，也就把我的血脉融入了一个不为人所知的国王的血脉。把潘多嫁给你，我可以消除静与动、停滞的时间与流逝的时间、过去与现在的对立。我可以让扎根的树和吹动树叶的风交好，让大地和天空交好。"

人们不可能对献上自己鲜血的颇尔人说"不"。于是，我的父亲、已有三个妻子的那个老人，在前三个妻子同意的情况下对第四个妻子说"我愿意"。我父亲的第四个妻子潘多·巴诞下了我。

然而，在潘多·巴结婚的七年之后，在我降生的六年之后，约鲁·巴、他的五个儿子和牛群不再在甘焦勒出现。

接下来的两年里，潘多·巴活在等待中，等待他们的回归。第一年里，潘多对她的丈夫，对她丈夫的其他妻子和我、她的独生子都非常好，可是，她已不再幸福。她无法忍受静止的生活。潘多刚刚成人就接受了我的父亲、那个老人。她出于遵守誓言，出于对约鲁·巴的尊敬而愿意跟我的父亲成亲。潘多最终爱上了我的父亲巴西鲁·昆巴·恩迪亚耶，因为他跟她恰恰相反。他如不变的风景一般年老，她如多变的天空一样年轻。他如同猴面包树那样安静，而她则是风一般的女子。有时候，性情截然相反会让对方彼此吸引。潘多最终爱上了我的父亲、那个老人，因为他汇聚了大地和轮回四季的所有智慧。我的父亲、那个老人钟爱潘多，因为她拥有他缺少的一切：活力、变化不定的快乐和新奇。

可是，潘多七年里能够忍受得了静止的生活，是因为她的父亲、兄弟和牛群每年都回甘焦勒看望她。他们身上带来了旅行的气息、丛林营地的气息和为防止饥饿的狮子捕食牲畜而守夜的气息。他们的眼睛带来了牲畜的记忆，那些牲畜，迷了路，无论死活却始终能被找到，永不会被抛弃。他们跟她讲述在尘土遍天的白日里迷了路，却在星星的微光下又找回了路。每一次他们穿过甘焦勒，带领那群白的、红的和黑的牛走向尼亚耶长青草原的时候，他们用颇尔人歌唱般的语言、富尔贝语跟她讲述整整一年的游牧生活。

潘多只有在等待他们回归的时候才能受得了甘焦勒，自他们缺席的第一年起，她开始枯萎。在他们缺席的第二年，潘多·巴不再笑了。在旱季的每个早上——

这时节，他们本该在甘焦勒了，她领着我去看约鲁·巴喂牲畜群的水井。她悲伤地看着我父亲为牛群在田里开出的道。她伸长耳朵，希望能够听到远方约鲁·巴牛群发出的哞哞叫声和她兄弟的声音。在离村子最远的北边界等候多时之后，我们两人慢慢地朝甘焦勒走去，我偷偷地瞄着她的眼睛，她的眼神慌张，布满孤独和悔恨。

我的父亲深爱潘多·巴，在我九岁的那年叫她离家去寻找约鲁·巴和她的兄弟及牛群。我的父亲更希望她离开，而不希望她死去。我知道，我明白，我的父亲更希望看到我的母亲远离他好好活着，而不希望她死在家里头，躺在甘焦勒的墓地里。我知道，我明白，因为自从潘多离开了我们，我的父亲一下子成了老人。一夜之间，他的头发全白。一夜之间，他的背拱了起来。一夜之间，我的父亲静心不动了。自从潘多走之后，我的父亲开始等她。按照安拉的真意，没有人想要嘲笑他。

潘多想带我跟她走，可我的父亲、那个老人不愿意。我的父亲说我还太小，还不能离家冒险。带着一个年幼的孩子去寻找约鲁·巴可没那么容易。可是，我知道，我明白，我的父亲事实上是害怕假如我跟潘多走了，潘多就再也不会回来了。我待在甘焦勒，那她还有回家的重要理由。按照安拉的真意，我的父亲是那么爱他的潘多。

　　一个夜晚，在离开前不久，潘多·巴、我的母亲把我抱在怀里。她用歌唱般的富尔贝语对我说话，说我以后听不到她讲富尔语，可能就听不懂这门语言了，说我是个大孩子了，可以听她讲自己的理由。她得知道我的外祖父、我的舅舅们和他们的牛群到底怎么了。我们决不能抛弃赋予自己生命的人。她只要搞清楚了就会回来；她也绝不会抛弃自己的亲生儿子。按照安拉的真意，我母亲的话既让我安心，又让我难受。她把我抱在怀里，然后什么也不说了。我跟父亲一样，自从她离开后就开始等待。

　　我同父异母的大哥恩迪亚戛是个渔夫，我的父亲、那个老人叫他划独木舟载着潘多，沿河流去往北方，接着去往东方，能到多远就多远。我的母亲获准由我陪她走半程路。恩迪亚戛在大独木舟后系上一叶小舟，我的母亲、我和我另一个同父异母的兄弟萨里奥同坐在大独木舟上，离别时刻来临，萨里奥将用小舟把我带回甘焦勒。我和母亲并肩坐在船头，静静地手拉着手。我们一起朝河流的边际望去，实际上却什么也看不到。独木舟晃荡摇摆，时不时地让我的脑袋靠在潘多裸露的肩膀上。我的左耳能感受到她皮肤温热的气息。最后，我紧紧地抓住她的胳膊，把脑袋一直依在她的肩头。我幻想着河流女神玛·昆巴·邦把我们留在河中央，留上许久许久，尽管我们在离开村庄河岸时曾用醇厚的牛奶向她献祭。我祈祷她用那纤长的水的臂膀把独木舟缠住，用那褐色的水藻长发把我们拖住，尽管我的兄弟们用短桨有节奏地大力拍打水面，沿着她那强劲的水流前行。恩迪亚戛和萨里奥使出农夫的力气，喘着粗气，在河面上耕种出看不见的犁沟，他们一句话也不说。他们为我伤心，也深感跟独生子分离的我的母亲的不幸。我的同父异母的哥哥们也喜欢潘多·巴。

离别的时刻到来了。我们低着头，垂下眼睛，无声地将我们并拢的双手伸向我母亲，请她为我们祝福。我们听她低声祷告，念诵《古兰经》里的长篇求护词，她比我们都熟悉《古兰经》。当她停下来的时候，我们把并拢双手的掌心贴向面颊，以汇聚她的祈祷，仿佛要把祈祷之源一饮而尽。接着，萨里奥和我爬到小舟上，恩迪亚戛含着怒火，干净利落地将小舟解开，他很不情愿，眼睛已涌入泪水。我的母亲最后一次深深地看着我，想要把我的形象刻在她的记忆里。接着，等我的独木舟随着轻柔的水流飘走时，她把背转向我。我知道，我明白，她不愿我看见她哭泣。按照安拉的真意，一个真正的颇尔族女人是不会在儿子跟前落眼泪的。我哭得很凶很凶。

　　没人真正知道潘多·巴发生了什么。我同父异母的大哥恩迪亚戛用独木舟把她送到了圣路易城。在圣路易，他把她托付给另外一个叫萨迪布·盖的渔夫，以一头绵羊的价格让萨迪布·盖用他的客船载着潘多去位于河谷干地 ① 的瓦拉代，每年这个时节，约鲁·巴和他的五个儿子及牛群都会在那里。然而，河水太低，萨迪布·盖把潘多托付给了他的邻居巴达拉·迪奥，让他陪潘多沿河岸步行去瓦拉代。有人在刚过博约村的地方看到过他们，之后，两人就消失在荆棘丛林里了。我的母亲和巴达拉·迪奥从未到过瓦拉代。

　　我们一年之后才知道这个消息。苦于没有潘多和约鲁·巴的音信，我的父亲派我同父异母大哥恩迪亚戛去

---

① 原词为"Diéri"，该地理术语源自图库洛尔语，指河谷中水淹不到的地带，作物灌溉主要依靠雨水，该地区主要适于放牧和蔬菜种植。

找萨迪布·盖问消息，萨迪布·盖即刻去了巴达拉·迪奥居住的博多尔村。巴达拉·迪奥的家人在失去他消息的一个月之后就开始了搜寻，他们寻遍了他声称和我母亲要走的那条路。他们的眼睛已经哭出了血，跟萨迪布·盖说，他们认为厄运已经降临。巴达拉和潘多两个人肯定都被绑架了，十几个摩尔骑兵在刚过博约村的地方绑架了他们，因为有村民在路边的陡坡上发现了痕迹。北方的摩尔人强抢黑人把他们贩卖为奴。我知道，我明白，看到潘多如此美，他们肯定会把她绑走，以三十匹单峰驼的价格卖给摩尔族大酋长。我知道，我明白，他们也绑走了她的同伴巴达拉·迪奥，让我们不知道该找谁寻仇。

自从我的父亲得知潘多·巴被绑架的消息之后，他变成了一个真正的老人。他继续笑，跟我们微笑，开些关于这个世界和关于他自己的玩笑，可是，他已经不是同一个人了。按照安拉的真意，刹那之间，他失去了一半的活力，失去了活着的一半乐趣。

第十七章

我画给弗朗索瓦医生的第二幅画是马丹巴的肖像，是我的朋友、我那胜似兄弟的兄弟的肖像。这张画不是很美。不是因为我画得不够好，而是因为马丹巴实在太丑。我仍在想着他，即便死神已将我们分离，我们之间仍有着可随意开任何玩笑的兄弟情谊。虽然马丹巴的外表不如我好看，但是他的心灵却比我美。

我的母亲离开了我，一去不复返，在那个时候，马丹巴把我带到了他的家里。他拉着我的手，带我走进他父母的领地。我一步一步地在马丹巴家里落了脚。我在那儿睡了一晚，接着睡了两晚，然后睡了三晚。按照安拉的真意，我慢慢地走进了马丹巴·迪奥普一家的生活。我没了妈妈。马丹巴为我伤心，比甘焦勒的其他任何人都伤心，他想要他的妈妈收养我。马丹巴把我的手放在他妈妈的手里，对她说："我想要阿尔法·恩迪亚耶住在我们家，我想要你当他的妈妈。"我父亲的其他妻子并不坏，她们对我实际上很好，特别是父亲的第一个妻子，恩迪亚戛和萨里奥的妈妈。不过，我还是慢慢地离开了我的家，走进了马丹巴的家。我的父亲、那个老人，他一言不发，接受了这个事实。马丹巴的妈妈，阿米娜塔·萨赫想要收养我，我的父亲对她说："好的。"我的父亲甚至要求他的第一个妻子阿依达·恩邦歌在每个宰牲节的时候将献祭绵羊最好的部分送给阿米娜塔·萨赫。随后，他每年都会将整整一头献祭绵羊送到马丹巴家的领地上。我的父亲、那个老人，没法子再见到我，因为他不想再哭泣。我知道，我明白，我长得太像他的潘多了。

慢慢地，忧伤不再，慢慢地，在时间的帮助下，阿米娜塔·萨赫和马丹巴让我忘记了那咬人的痛苦。一开始，马丹巴和我，我们跑到草原里玩耍，总是朝着北方跑。我们知道，我们明白那是为什么。我们默守着希望，希望能够最早见到我的母亲潘多，见到约鲁·巴、他的五个儿子和牛群。我们对阿米娜塔·萨赫说，我们白天北上探险，是为了抓落入陷阱的地松鼠，是为了用弹弓驱赶斑鸠。她祈求真主保佑我们，并给了我们一些必需品，比如，三小撮盐和一壶水。当我们捉到地松鼠或斑鸠的时候，可以把它们开膛破肚，褪去羽毛，切成小块，用干树枝燃起的小火慢烤，那个时候，我们会忘记我的母亲、我母亲的父亲、她的五个兄弟和他们的牛群。看到橙黄的火焰在小火堆上噼啪作响，油脂从草原猎物裂开的皮肉渗出，时不时让火苗跳跃起来，我们不再去想那别离带来的痛苦，它会噬咬人的五脏六腑，我们想的是饥饿，饥饿同样会咬人。我们不再幻想着潘多能奇迹般地从摩尔人那里脱身，幻想着她在瓦拉代已经找到了她的父亲、五个兄弟和他们的牛群，幻想着他们一起回到甘焦勒。在她刚被绑架的时候，我还不知道该如何摆脱母亲缺席带来的无可救药的痛苦，只能跟马丹巴，我那胜似兄弟的兄弟，一起去玩猎捕地松鼠和斑鸠的游戏。

慢慢地，马丹巴和我一起长大了。慢慢地，我们不再走甘焦勒北上的那条路了，也放弃等待潘多回来。十五岁的时候，我们在同一天接受了割礼。村庄里的同一位长者传授我们成人的奥秘。他教我们该如何行事。他传授给我们的最大秘密，那就是，不是人类在主导事件，而是事件本身在引导人类。让一个人感到震撼的事件，之前，已有其他很多人经历过。整个人类都可能感受过。所有在此处发生在我们身上的事件，不管是否严重，是否能让我们获利，都不是新鲜事。然而，我们的感受永远都是新鲜的，因为每个人都是独一无二的，就像树上的每一片叶子都是独一无二的。我们跟其他人吸收同样的精华，但接受滋养的方式并不相同。即便新鲜事物并不是真正新鲜，但对于一代又一代、一波又一波、不断来这人世间走一遭的人来说，它就是新鲜的。为了在生活中获得成功，为了不在道路上迷失，需要听从责任的声音。过多地自我思考，那就是背叛。领会了这个秘密的人才有机会获得平和的生活。可是，没有什么是确定的。

我长高了，变壮了，可马丹巴还是那么矮小和瘦弱。每年旱季的时候，重见潘多的愿望让我喉咙发紧。只有让身体放空，我才能把妈妈从我的脑海里赶出去。我在我父亲和马丹巴的父亲希莱·迪奥普的田里干活。我跳舞，游泳，跟人打架，而马丹巴却一直坐着学习，学个不停。按照安拉的真意，马丹巴比甘焦勒的任何人都了解圣书。他在十二岁时就能背诵《古兰经》，而我到了十五岁才能磕磕巴巴地背出经文。等到他知道得比隐士还要多的时候，马丹巴希望去上白人的学校。希莱·迪约普同意了，因为他不希望儿子以后跟他一样种田，但条件是我陪着马丹巴一起上学。下面几年时光里，我陪马丹巴走到校门口，却只迈进校门一次。我的脑子里钻不进任何东西了。我知道，我明白，对母亲的回忆已将我灵魂的表层凝固了，那表层硬得像乌龟壳一样。我知道，我明白，这层硬壳之下仅有等待的虚空。按照安拉的真意，留给知识的空间已被占据。于是，我更喜欢在田里干活，喜欢跳舞和搏斗，将力量耗费到极致，为了不再去幻想母亲潘多·巴不可能的回归。直到马丹巴死了之后，我的灵魂才重新打开，让我仔细观察被遮蔽的部分。仿佛在马丹巴死的那一刻，一颗硕大的金属子弹从天而降，将那层硬壳一劈为二。按照安拉的真意，旧痛上又加上新伤。这两重伤痛彼此相依，彼此解释，并赋予对方意义。

　　二十岁的时候，马丹巴想要去打仗。学校在他的脑袋里植下了解放祖国母亲——法国的念头。马丹巴想要成为圣路易的大人物、一个法国公民："阿尔法，世界很大，我想走遍全世界。战争是个机会，可以让我们离开甘焦勒。如果真主愿意，我们可以平安回来。等我们成了法国公民就可以在圣路易安顿下来。我们一起做生意。我们做批发生意，给整个塞内加尔北部的商店提供食品，包括甘焦勒。等我们发了财，咱们就去找你的妈妈，把她从摩尔人那儿赎回来。"我跟着他一起做梦。按照安拉的真意，多亏了马丹巴，我才敢做梦。我琢磨着，如果我也成了一个大人物，当上一名塞内加尔土著兵，我可以跟着我的小分队一起，左手持标准步枪，右手握野蛮砍刀，去拜访北方的摩尔人部落。

第一次的时候，征兵的人对马丹巴说"不"。马丹巴太瘦了，他又瘦又长，仿佛一只黑冠鹤。马丹巴不适合打仗。可是，按照安拉的真意，马丹巴太固执了。马丹巴求我帮他，教他如何抵抗肉体的疲劳，在从前，他只会抵抗精神的疲劳。于是，在整整两个月的时间里，我逼着马丹巴一点一点地增长力量。我让他每个正午顶着烈日，在厚重的沙地上奔跑，我让他游泳横渡河流，我让他用短柄锄在他父亲的田里长时间地耕作。按照安拉的真意，我逼他吃下大量混着炼乳和花生粉的黍米粥，真正的斗士要靠吃这样的东西贮备力气。

第二次的时候，征兵的人说"好"。他们已认不出马丹巴了。他从黑冠鹤变成了胖山鹑。我给弗朗索瓦医生画出了马丹巴·迪奥普洋溢在脸上的笑容，马丹巴当时笑，是因为我对他说，我已经为他取好了斗士的绰号，就叫"肥鸠"！我用光和影勾出了马丹巴笑得眯起来的双眼，他的眼笑出了褶子，是因为我说，他胖得连他的图腾都认不出他了。

第十八章

在我们赴法国参战的前夜，在一群跟我们同龄的男孩和女孩中，法瑞·提阿姆用双眼偷偷地跟我说"我愿意"。那是圆月夜，我们二十岁了，想要放声欢笑。我们讲些内容隐晦的好笑的小故事，也猜谜语。这一次，我们没有像四年前那样，在马丹巴父母的领地上彻夜长谈，度过不眠之夜。马丹巴的弟妹长大了，我们讲的隐晦故事已经不再能催眠他们。我们在村里一条细沙路的拐角铺上长条席，在一颗杧果树低垂的枝叶下席地而坐。法瑞穿着一条橘黄色的长裙，裙子勾勒出她的胸脯、腰身和髋部，她比任何时候都美。她的裙子在月光下泛着洁白的光芒。法瑞看了我一眼，目光深邃，似乎在说："阿尔法，你要小心，重要的事情就要发生了。"法瑞握紧了我的手，仿佛十七岁那年她选中我的那个晚上，她偷偷地看了一眼我身体的中央，接着一下子站起身来，跟大伙儿告别。我等她消失在路的拐角，然后也站起来，远远地跟着她，一直走进那片小小的乌木林，我们不怕遇见河流女神玛·昆巴·邦，我们的欲望是那么强烈，我想进入法瑞的身体，法瑞想要我进入。

我知道，我明白法瑞·提阿姆为何会在马丹巴和我上战场的前夜为我打开她的身体。她的身体内部温热，甜美，柔软。我的嘴唇和身体从未触到过像法瑞·提阿姆身体内部这样温热、甜美和柔软的妙物。我身体的一部分进入了法瑞，我从未经历过这样从上到下包裹得紧紧的爱抚，那感觉远远强过在沙里，在水里，我时常把它挺进海边的热沙里来获得快感，也会在河水里悄悄地用打满肥皂的双手爱抚它。按照安拉的真意，在我的生命中，没有什么能比法瑞温热湿润的身体内部更美好。我知道，我明白她为何会损害家族的荣誉，让我品尝这份美好。

我认为法瑞比我更早开始独立思考。我认为她希望我这副俊美的身躯能品尝这份美好，就在它消失在战争中之前。我知道，我明白法瑞想要我成为一个完整的男人，就在我把自己这副俊美的斗士之躯献祭给血腥的战争之前。这就是法瑞为何要违背祖宗的禁忌，把身子给我的原因。按照安拉的真意，我的身体在法瑞之前感受过各种强烈的快感。在接连的搏斗中，我感受了身体的力量，在游泳横渡河流之后，我在厚重的沙地上长时间奔跑，将身体的忍耐力推向极致。我在父亲和希莱·迪约普的田里长时间耕作，用短柄锄一锹一锹地锄完地后，往烈日下曝晒的身体上洒满海水，用从甘焦勒深井中打出的冷水给身体解渴。按照安拉的真意，我的身体体验过力量达到极致的快感，可是，它们都没有法瑞温热湿润的身体内部带来的快感强烈。按照安拉的真意，法瑞给我献上了一个年轻女子所能给与一个即将奔赴战场的年轻男子的最美的礼物。在没有体验身体的所有妙处之前死去，那是不公平的。按照安拉的真意，我知道马丹巴还没体验过进入女人身体的快乐。我知道，他死了，还没能成为一个完整的男人。若是体验过他所爱女人的温存、湿润和柔软的身体内部，他本可能成为一个完整的男人。可怜的马丹巴，他还不是个完整的男人。

我知道，我明白法瑞·提阿姆为何在马丹巴和我奔赴战场之前把身子给我。当村子里流传起战争到来的消息时，法瑞就知道了，法国和它的军队会把我夺走。她知道，她明白，哪怕我不死在战场上，也不会再回甘焦勒。她知道，她明白，我将会跟马丹巴·迪奥普一起在塞内加尔的圣路易安下身来，我想成为大人物，当上塞内加尔土著兵，拿上一大笔抚恤金，来赡养我那时日不多的老父亲，去寻找我的母亲潘多·巴。法瑞·提阿姆明白法国将把我从她身边夺走，无论我死了还是活着。

　　这就是为何在我参加白人部队上战场之前，法瑞不顾提阿姆家族的荣誉，不顾她父亲对我父亲的仇恨，将她那温热、柔软而湿润的身体献给我的原因。

第十九章

　　阿布都·提阿姆是甘焦勒的首领。他当上首领是依据习惯法的规定。阿布都·提阿姆恨我的父亲，那个老人在众人面前让他失了面子。阿布都·提阿姆负责在村子里征税，有一天，为了征税，他把长者们都召集起来，几乎所有甘焦勒人都来围观。在卡约尔国王特使和圣路易总督特使的授意和唆使下，阿布都·提阿姆说，我们应该走一条新路，种黍类作物不如种花生，种西红柿不如种花生，种洋葱不如种花生，种甘蓝不如种花生，种西瓜不如种花生。对大家来说，花生就是钱。花生，就是用来缴税的钱。花生可以给渔夫带来新的渔网。花生可以让我们开凿新井。花生钱可以换来砖砌的房子，有着瓦楞铁皮屋顶的砖木结构学校。花生钱可以换来火车和公路，给独木舟安上引擎，带来诊所和妇产医院。最后，阿布都·提阿姆总结说，种花生的人可以免除苦役，不用再干苦重活儿了，拒不服从的人，没门儿。

我的父亲、那个老人，他站起来要发言。我是他的幺儿，最小的孩子。潘多·巴离开我们以后，我的父亲一夜白了头。我的父亲在生活中是个斗士，他是为了让自己的妻小不忍饥挨饿而活着的。一天又一天，生命长河缓缓流淌，我父亲用他田地和果园里的果实填饱了我们的肚子。我的父亲、那个老人，让他的家人像他种植的作物一样茁壮成长，绽放美丽。他耕种果蔬，也养大了孩子。我们就像他在田地薄土里撒下的种子，发芽生长得又高又壮。

我的父亲、那个老人，他站了起来，要求发言。大伙儿让他说，他说道：

"我，巴西鲁·昆巴·恩迪亚耶，希迪·马拉米·恩迪亚耶的孙子，我是我们村子五个创建人中一人的后代，阿布都·提阿姆，我下面说的话你会不爱听。我不反对在我的一块田里种花生，可是，我反对所有的田地都用来种花生。花生可养不活我的家人。阿布都·提阿姆，你说花生就是钱，可是，按照安拉的真意，我不需要钱。我靠长在田里的黍、西红柿、洋葱、红豆和西瓜就能养活家人了。我有一头奶牛，我有几头羊，可以宰了吃肉。我的一个儿子是渔夫，给我鱼干。我的妻子们一整年都能从地里刮出盐土。有了这些食物，我还能打开家门，欢迎挨饿的路人，履行好客的神圣职责。

"如果我只种花生，谁来养活我的家人呢？谁来给我应该解囊相待的路人提供食物？花生钱养不活所有人。阿布都·提阿姆，回答我，我将不得不去你的店里买吃食，对吧？阿布都·提阿姆，我下面要说的话你会不爱听，可是，村庄的首领应该操心大伙儿的利益，而不是个人的利益。阿布都·提阿姆，你和我都是平等的，我可不愿意落到有一天要到你的店铺里，为我的家人求着你，赊账买米、买油和糖。我也不愿意因为自己挨饿而把饥饿的路人拒之门外。

"阿布都·提阿姆，我下面要说的话你会不爱听，假如所有的村庄都种上了花生，花生的价格就会下降。我们赚的钱会越来越少，你自己也会落到靠赊账来讨生活。一个店老板只有赊账的顾客，最后也只能跟供应商赊账。

"阿布都·提阿姆，我下面要说的话你会不爱听。

我，巴西鲁·昆巴·恩迪亚耶，我可是经历过荒年的
人。你死去的祖父会讲给你听的。那一年，遭了蝗虫
灾，地都旱了，井也干了，从北方卷来的尘土漫天，河
里水位太低，没法灌田。我那时还是个孩子，可我记得
那个可怕的旱季，如果大伙儿没有共同分享储备的黍
麦、红豆、洋葱和木薯，如果大伙儿没有共同分享奶和
羊，所有人都已经死光了。阿布都·提阿姆，天灾来的
时候，花生救不了人命，花生钱也救不了命。为了能
扛过可怕的旱灾活命，我们不得不吃掉来年的种子，不
得不去跟店里赊账买种子，我们的花生还得按店里定的
价再卖给他们。到那个时候，我们所有的人都成了穷光
蛋，成了乞丐！阿布都·提阿姆，这就是为什么我对花
生说'不'，对花生钱说'不'！哪怕这些话会让你不
高兴！"

　　我父亲的这一席话，阿布都·提阿姆真的不爱听，
他非常非常生气，却没有表露出来。阿布都·提阿姆不
喜欢我父亲说他是个糟糕的首领。阿布都·提阿姆很讨
厌大家提到他的店铺。显然，阿布都·提阿姆最不希望
看到的，莫过于他的女儿法瑞跟巴西鲁·昆巴·恩迪亚
耶的儿子在一起。可是法瑞·提阿姆有自己的想法。在

我去法国打仗的前夕，法瑞·提阿姆在一片乌木丛中把自己给了我。法瑞爱我甚过他父亲的荣誉，尽管他父亲并没有荣誉。

第二十章

　　在给弗朗索瓦医生的第三张画中，我画下了七只手。我画下这些手，是为了再看到它们真实的样子，就像我刚砍断它们时的样子。我很好奇，想看看光和影、纸和铅笔是如何复原它们的，看看它们能否像我母亲和马丹巴的头像一样活生生地再现在我眼前。结果超出了我的预期。按照安拉的真意，当我画下这些手的时候，我以为它们刚刚给枪上了油，上膛，退膛，又重新上膛，那是在无主之地受刑人的握枪的手，还没被我的砍刀从手腕上割下。我在弗朗索瓦小姐给我的大张白纸上一个个并排画下了这些手。我甚至还非常用心地勾出了手背上的汗毛，画出了黑指甲和手腕上的刀痕。

　　我很满意自己的作品。我得承认，那七只断手已不在我这儿了。我想，摆脱这些手更理智些。更何况弗朗索瓦医生早就开始清洗我脑袋里战争的污垢。七只断手

是暴怒，是复仇，是战争的疯狂。我不想再看到暴怒和
战争的疯狂，就像上尉没法忍受在战壕里看到那七只断
手一样。于是，我决定在一个合适的夜晚掩埋它们。按
照安拉的真意，我等到了月圆夜，在月圆的晚上埋葬了
这些手。我知道，我明白，我本不该在月圆夜埋葬这些
手。我知道，我明白，我在庇护所西翼挖土掩埋手的时
候，很可能会被人盯上。可是，我想，我得在月光下为
无主之地受刑人的断手举行葬礼。我杀死了他们，月亮
是共犯。月亮藏了起来，让他们看不见我。他们死在了
黑暗的无主之地。他们值得享有一点亮光。

　　我知道，我明白，我不该在月圆夜出来。我把这些
断手放在一个用神秘护身符锁上的盒子里，把它们埋进
土里，在回庇护所的路上，我觉得自己看见一个阴影从
西翼巨大的窗户后滑过。我知道，我明白，庇护所里有
人撞见了我的秘密。这就是为什么我等了好几天才画下
这些手。我等着看会不会有人揭发我。可是，没人开
口。于是，为了用神秘之水来洗刷我头脑内部的秘密，
我画下了这七只手。为了让这七只手离开我的脑袋，我
得把它们画给弗朗索瓦医生看。

　　我的七只手开了口，它们向审判我的人招供了一切。按照安拉的真意，我知道，我明白，我的画揭发了我。弗朗索瓦医生看过这些手之后，不再像从前那样跟我微笑了。

第二十一章

　　我从哪儿来？我似乎来自远方。我是谁？我还不知道答案。黑暗把我包围，我什么也看不见，可是，我却能慢慢感觉到赋予我生命的热量。我试着睁开眼，可那不是我的眼，我试着动动手，可手也不是我的手，不过，我预感到，那手终将会属于我。我的腿也是……哦，我感觉自己这做梦的身体里有了什么东西。在我来的地方，我发誓，一切都是静止不动的。在我来的地方，人没有躯体。不过，就在此刻，我不知身在何处，却感觉自己活过来了。我感觉自己有了肉身。我感觉到流着鲜红热血的肉体把我包裹起来。我感觉到另外一个身躯紧贴着我的腹部和胸腔在动，将热量注入我的身体。我感觉到它温暖了我的皮肤。在我来的地方，那里没有热量。在我来的地方，我发誓，人也没有名字。我将睁开还不属于我的眼皮。我还不知道自己是谁。我还记不起自己的名字，不过，我不久之后会想起来的。哦，我身下的身体不动了。哦，我感觉到那个身体的热量也静止了。哦，我突然感觉到一双手在触摸还不属于我的后背，触摸还不属于我的髋部，触摸还不属于我的颈部，不过，要感谢这双柔软的手让我拥有了它们。哦，这双手突然拍打起我的后背和髋部，抓挠我的颈背。在这双手的抓挠下，那原本不属于我的身体变成了我的身体。我发誓，离开虚无是那么惬意。我发誓，我既在这里，又不在这里。

太棒了，我有了自己的身体。我第一次在女人的身体里达到高潮。我发誓，这真的是第一次。我发誓，那滋味太好了。在这之前，我从未在女人的身体里高潮过，那是因为从前的我没有身体。一个从很远很远的地方传来的声音对我说："这比用手舒服多了！"来自远方的声音在我的脑袋里低声说道："这感觉跟在寂静的黎明炸裂的第一颗炮弹一样强烈，那炮弹把你的五脏六腑都掏了出来。"来自远方的声音还对我说："世上没有什么能比这更美好。"我知道，我明白，这个来自远方的声音将给我一个名字。我知道，我明白，这个声音很快就会为我命名。

　　给我身体快感的女人就在我身下。她眼睛闭着，一动不动。我发誓，我并不认识她，也从没见过她。此外，是她把眼睛借给我，让我能看见。我发誓，我用不属于自己的眼睛看，用不属于自己的手触摸。真是不可思议，可是，我发誓，这是真的。我的身体，就像来自远方的声音说的那样，在一个陌生女人的身体内。我可以感受到这个女人从上到下紧裹着我身体的热量。我发誓，我感觉自从我住进这个女人的身体，我也住进了自己的身体。她在我身下，她闭着眼，一动不动，我不知道她是谁。我发誓，我不知道她为何会同意我的身体进入她的体内。发现自己躺在一个陌生女人身上，这感觉很奇怪。感觉对自己的身体很陌生，这确实很奇怪。

　　我第一次看见自己的手。我晃动着双手，我的手在我身下女人的脑袋边上翻来覆去。她闭着眼。我用双肘支撑着身体。我能感觉到她的乳房触碰着我的胸膛。我观察自己在她脑袋边上晃动的双手。我从没想到我的手会这么大。我发誓，我还以为自己的手会小一些，手指会更纤细。可不知道为什么，我现在有一双这么大的手。这很奇怪，当我并拢手指、握起拳头、再张开拳头的时候，我觉得自己拥有一双斗士的手。我发誓，在我来的地方，我可没有斗士的双手。来自远方的细小的声音在我耳边吹着风，说从今以后，那双斗士的手就是我的了。我很惊讶。我得检查我身体的其他部分，看它们是否也属于斗士的身体。我得检查我身体的状态，它属于我又不属于我。我得把我的身子跟身下的陌生女人分开。她似乎睡着了。很奇怪，我没仔细盯着她看，但我觉得她很美。我觉得自己是爱美丽女人的。不过，我得先检查我的身体，看看它是否是远方声音所说的斗士的身体。

　　我从闭着眼的美丽女人的身体上挪开自己的身子。听到两个身子分开时发出的声音，这感觉很奇怪。我想大笑。这声音很轻，带着水声，仿佛一个正在吃大拇指的孩子突然看见不让他吃手的妈妈，迅速把指头抽出嘴巴时发出的声音。这个来自记忆中的形象让我在心里大笑起来。躺在一个陌生女人身边的感觉也很奇怪。我的心跳得很快，急于想看看我身体的其他部分是否跟我的手一样，这感觉很奇怪。我把胳膊伸向白色房间的天花板。我的双臂，我发誓，它们仿佛是一棵老杧果树的两根枝干。我把双臂放在身体的两侧。我又把双腿伸向白色房间的天花板，我发誓，它们仿佛是猴面包树的两根枝干。我把双腿放到床上,我自己思量着,拥有一个斗士的身体感觉可真奇怪。来到这世上,拥有这么一副完好的肉身,感觉可真奇怪。感到自己是那么有力量,这很奇怪。我发誓,我不害怕自己没名没姓,我像一个真正的斗士一样,无所畏惧,可是,躺在一个美丽女子的身边,拥有一副斗士的俊美身躯,这可比躺在一个丑八怪身边、拥有一个矮小瘦弱的身子有趣多了。

我并不害怕自己没名没姓。我发誓,不知道自己的名字并不会让我害怕。我的身体告诉我,我是个斗士,这就够了。我不需要知道自己姓什么,有这样一副身躯就足够了。我不需要知道自己在哪里,有这样一副身躯就足够了。拥有了新身体的力量,从此以后,我什么都不需要了。我把如老杧果树枝干一样粗壮的双臂再次伸向白色房间的天花板。我的手似乎能比想象中伸得离肩膀更远。我握起拳头,再张开拳头,再次握起和张开拳头。看到臂膀的肌肉在皮肤下跳动真有趣。我的双臂比想象中要沉重,它们充满随时可以绽放的力量。我并不害怕自己没名没姓。

第二十二章

谢谢你，弗朗索瓦小姐！按照安拉的真意，我没弄错。虽然我不会说法语，但我知道，我明白，弗朗索瓦小姐看着我身体中央的目光有话要说。弗朗索瓦小姐的眼睛说起话来没人能比。她的眼睛扫过我的身体中央，向我示意，叫我当晚去她的房间。

她的房间在走廊的尽头，走廊被漆成亮白色，在窗户透进来的月光下，这颜色白得刺眼。我悄悄地经过这些窗户，可不能让弗朗索瓦医生知道我去找他的女儿。也不能让庇护所西翼的守卫看见我。房门是开着的。我进门的时候，弗朗索瓦小姐在睡觉。我在她身边躺下。弗朗索瓦小姐醒来了，她以为身边的人不是我，大叫起来。我用左手捂住弗朗索瓦小姐的嘴，她不断地挣扎，反抗。不过，正如上尉所说的那样，我有着自然赋予的力量。我等到弗朗索瓦小姐不动了之后才把手从她的嘴上拿开。弗朗索瓦小姐对我笑了。我也对她笑了。谢谢你，弗朗索瓦小姐，感谢你向我张开离你的五脏六腑并不远的那个小口。按照安拉的真意，战争万岁！按照安拉的真意，我潜入了她的身体，仿佛潜入大河里的一股水流，奋勇搏击来穿过这道劲流。按照安拉的真意，我用髋部冲撞着，想要破开这道劲流。按照安拉的真意，突然间，我的嘴里有了血的滋味。按照安拉的真意，我不知道是为什么。

第二十三章

他们问我叫什么，我却在等着他们给出我的名字。我发誓，我还不知道自己是谁。我只能告诉他们我的感觉，看着仿佛老杧果树枝干的双臂和如同猴面包树枝干的双腿，我觉得自己是一个强大的能摧毁生灵的人。我发誓，我觉得没人能抵御我，我是不死的人，稍加力气，我就可以把双臂里的岩石弄得粉碎。我发誓，我的感受无法用语言简单地描述：词语匮乏，无法说出这一感觉。于是，我呼唤那些与我的语言看似不同的词汇，期待它们抛却原意，或可偶然翻译出我的感受。就在此刻，我只是我身体所感受到的那个人物。我的身体试图通过我的嘴说话。我不知道自己是谁，可是，我认为我知道这个身子要我成为谁。我的身体粗壮，极富力量，在别人看来，它意味着战斗、搏击、战争、暴力和死亡。这个身子无可奈何地向我提出控诉。可是，这粗壮的身躯、超群的力量为何不能意味着和平、安静和安宁呢?

　　来自远方的小小声音告诉我,我的身体是斗士的身体。我发誓,我在前世认识一个斗士。我记不得他的名字了。我不知道自己是谁,我所拥有的这个粗壮的身躯或许属于他。或许,出于友谊,出于同情,他离开了这个身体,把它留给我。远方的声音在我的脑袋里正是这样悄声地说。

第二十四章

"我是阴影，吞噬岩石、大山、丛林、河流、人和兽的血肉。我把它们的皮剥掉，把头颅和身体挖空。我砍掉它们的胳膊、腿和手。我敲碎骨头，吮吸骨髓。我也是在河面上升起的红月亮，我是夜里晃动金合欢嫩叶的微风。我是胡蜂和花朵。我也是静止独木舟上跃出的鱼，是渔夫的网。我是囚犯，也是囚犯的守卫。我是树和让树扎根发芽的那颗种子。我是父亲，也是儿子。我是杀人犯，也是法官。我是播下的种子，也是收获的颗粒。我是火，也是被火吞噬的树木。我无罪，又有罪。我是开始，也是终点。我是造物者，也是毁坏者。我拥有双面。"

翻译，从来都不容易。翻译，是越过边界，是耍花招，是用一句话代替另一句话，来讨价还价。翻译是人类不得不通过对细节撒谎以换取整体真实的少有的活动。翻译，是冒着风险去更好地理解他人，理解话语的真相不止一个，而有两个，三个，四个或五个。翻译，是远离安拉的真意，而安拉的真意，正如每个人所知道和认为知道的那样，是唯一的。

他们每个人都在思忖着："他说了什么？那好像不是我们想要的答案。我们想要的答案不应该超过两个词或三个词。所有人都有姓和名，最多有两个名字。"

做翻译的人看上去很犹豫，被落在他身上的严肃、充满忧虑和怒火的目光吓坏了。他清了清喉咙，小声回答穿制服的人，那声音小得几乎听不见：

"他说，他既是死亡又是生命。"

第二十五章

我认为现在我知道自己是谁了。我发誓，按照安拉的真意，我脑袋里那个来自远方的小小声音让我去猜。那个小小的声音觉得我的身体没法向我揭示一切。那个小小的声音明白，我对自己的身体有些陌生。我发誓，我那一个疤痕都没有的身体是陌生人的身体。斗士和战士的身上都有疤。我发誓，按照安拉的真意，斗士的身体没有伤疤，就不是正常的身体。这意味着我的身体没法讲出我的故事。这也意味着我的身体是 dëmm 的身体，正如那个小小的声音告诉我的那样。一个噬魂者的身体是不会带伤疤的。

所有人都知道这个故事，一位不知来自何方的王子娶了自大国王的任性女儿。我脑袋里那个来自远方的小小声音又跟我提起了这个故事。自大国王的任性女儿想要一个浑身没有伤疤的男人。她想要一个没有故事的男人。

　　一位王子径直走出了荆棘丛林，娶了公主，他的身上没有一个伤疤。这个王子英俊异常，任性的公主很爱他，可是，公主的乳母并不喜欢他。任性公主的乳母自打看到这个英俊异常的王子的第一眼起，就已经知道和明白这个英俊异常的王子是个巫师。她早已知道和明白，因为王子身上没有一个伤疤。王子和斗士一样，身上总是会有伤疤。他们的伤疤也讲述了他们的故事。王子和斗士一样，至少身上得有一个伤疤，别人可以据此讲述伟大的故事。没有伤疤就没有史诗。没有伤疤就没有伟大的声名。没有伤疤就没有声望。这就是为何我脑袋里那个小小的声音采取了行动。这就是为何那个小小的声音让我猜到了我的姓名。因为我居住的这个身体，别人留给我的这个身体，没有一个伤疤。

　　任性公主的乳母知道和明白没有伤疤的王子没姓没名。乳母警告任性公主要注意无名的危险。可是，徒劳无益，任性公主想要她那没有伤疤的男人，她想要她那没有故事的男人。乳母于是给任性公主三个法宝，并对她说："这是一个鸡蛋、一小段木头和一颗鹅卵石。等你遇到巨大危险的时候，把它们从你的左肩膀扔到身后。它们会救你的命。"

　　和从荆棘丛林里走出的英俊异常的王子成亲后，公主该启程去她丈夫的王国。可是，她丈夫的王国在未知的地方。任性公主离她的村庄越来越远，她丈夫的随从也越来越少，这些人仿佛被丛林吞噬了。他们露出了真面目，那是一只猎兔、一头大象、一条鬣狗、一只孔雀、一条黑绿相间的蟒蛇、一只黑冠鹤，还有一只吃牛粪的腮角金龟。因为她那英俊异常的丈夫、那个王子正如乳母所猜测的那样，是个巫师。狮子化成的巫师把公主囚禁在荆棘丛林的一个洞穴里，关押了很久。

　　任性公主很是后悔当初没听乳母的话，没能听从那个智慧的声音，那个提醒她的声音。任性公主现在身处异乡，她身处一个没有名字的地方，只能和沙子、灌木和天空做伴；在这个地方，一切都变得模糊不清，在这个地方，大地失去了特殊的伤痕，在这个地方，大地也失去了自己的故事。

　　于是，任性公主逮住机会就逃跑，可是狮子化身的巫师马上开始追捕她。狮子化身的巫师明白，失去了公主，他也就失去了自己唯一的故事，失去了他活着的意义，同时失去了他作为巫-狮的名声。公主逃走了，巫师的土地重新变成无人之地，因为公主的任性激发了土地的生机。只有任性公主回岩洞王国后，他的土地才能复活。甚至连巫-狮的生命都取决于任性公主的双眼、耳朵和嘴。没有她，他那没有伤疤的美将不被看见，她不在，他的怒吼也将不被听见，失去了声音，他的岩洞王国将从世界消失。

巫-狮第一次快追上公主时，任性公主把乳母给的鸡蛋从左肩扔向身后，鸡蛋变成了一条宽广的河流。任性公主以为自己得救了，可是巫-狮喝光了所有的河水。巫-狮第二次快追上公主时，任性公主把乳母给的那段木头从左肩扔向身后，木头变成了一片无法穿越的丛林。可是巫-狮砍光了这片丛林，把树连根拔起。巫-狮第三次快追上公主时，任性公主几乎都能望见父亲和乳母的村庄了。她把最后一件法宝从左肩扔向身后，那块小小的鹅卵石变成了一座高山，巫-狮大步跃起，攀上高山，又下了山。巫-狮无视这最后一个神秘障碍，依旧紧追不舍。她不敢回头，生怕自己离想象中来自远方的危险更近。她听到自己奔跑在大地上的声音。非人非兽是两只脚在跑，还是四只蹄子在跑呢？她以为自己听到了他那野兽的喘息。她已经闻到了他身上的河水、丛

林、山脉、野兽和人的气息，突然，发生了不可能的
事。一个背着弓箭的猎人凭空出现。一支箭射中了朝任
性公主扑去的巫-狮的心脏。那是巫-狮第一个也是最后
一个伤痕。正是因为这个伤痕，从此以后，人们可以讲
述他的故事了。

巫-狮倒在一片黄色的尘雾中，这时，人们听见丛
林深处传来一阵巨大的轰隆声。大地颤抖，日光闪烁。
岩洞王国，那个大地中的国度，在阳光中升起。高高的
悬崖峭壁在轰隆声中砸碎了巫-狮那无名王国的中心。
所有人都能看见悬崖陡壁从丛林中向天空爬升。从此以
后，岩洞王国可凭着这土地高耸的伤痕而得名。正是因
为这些伤痕，从此以后，人们可以讲述这个王国的故
事了。

救了公主的猎人是乳母的独生子。救了公主的猎人
很丑，救了公主的猎人很穷，可是，他救了任性公主的
命。为了回报他的英勇事迹，自大国王把他那任性的女
儿嫁给了遍身伤痕的猎人。那是个有故事的人。

我发誓，我在上战场前才听到巫-狮的故事。这个
故事，跟其他所有的有趣故事一样，是个短小、隐晦的

故事。我们在讲这个众人都知道的巫-狮故事的时候，可以在这个故事里藏匿另外一个故事。为了让人明白，掩藏在众人皆知的故事里的那个故事得稍稍露出一点面目。如果被隐藏的故事在已知故事里藏得太深，它就没法被看见了。被隐藏的故事应该既在场，又不在场，它得能让人猜得出来，就好像一条橘黄色裹身长裙能让人看出年轻女子的美好身段一样。故事应该是透明的。当听故事的人明白了被隐藏的故事的时候，在已知故事背后的隐藏故事可以改变他们的命运，推动他们将散漫的欲望化为具体的行动。它可以让他们战胜犹豫不决的疾病，违背说书人不怀好意的期许。

我发誓，我直到那个晚上才听到巫-狮的故事，那晚，我跟同龄的男孩和女孩一起，在老杜果树低矮枝叶的庇护下，我们盘腿坐在铺在白沙上的长席上。

我发誓，跟所有听到没有伤疤的巫-狮的故事的人一样，我知道，我明白，法瑞·提阿姆把它当成自己的故事了。当法瑞·提阿姆起身向我们告辞的时候，我知道，我已明白了。我知道，我明白，法瑞并不在乎人们把她当成任性的公主。我知道，我明白，她想要那个巫-狮。阿尔法·恩迪亚耶、我那胜似兄弟的兄弟、拥有狮子图腾的男人，在法瑞之后也站起来，这时，我知道，我明白，他要到荆棘丛林中与她结合。我知道，我明白，阿尔法和法瑞在离流火河面不远的乌木林中相会。在我们两人去法国参战的前夜，法瑞把身子给了阿尔法。我知道，因为我是他胜似兄弟的兄弟，我既在那里，又不在那里。

然而，既然我已经开始深入思考，既然我已经找回了自己，按照安拉的真意，我知道，我明白，阿尔法出于友谊和同情，把他那副斗士的身躯让给了我。我知道，我明白，就在我死去的那个晚上，阿尔法听到了我在无主之地向他发出的第一声乞求。因为我不愿独自一人留在无名之地。按照安拉的真意，我发誓，自我以两个人的名义思考之时，他就是我，我就是他。

译后记

　　一九一四年至一九一八年，第一次世界大战，这是人类历史进程的一个悲剧，它将欧洲、亚洲、非洲三十多个国家近十五亿人口卷入了现代战争的机器，裹入了不分青红皂白的大屠杀。大炮、战壕、厮杀、死亡、灵与肉的创伤，还有溃败、恐惧、勇气、怜悯，绽放在战场内外的爱之花朵……曾亲历过一战的巴比塞、海明威和雷马克在《火线》、《永别了，武器》及《西线无战事》中记录了战争的暴力、残酷、无理性和非人道。确实，在极端的冲突环境中对理性和正义进行拷问，在血腥的恐怖弹雨中对个人命运和集体悲剧进行反思，这对于作家而言是一种诱惑，也是一种责任，一个世纪以来，世界文学史上留下了许多关于一战的叙事作品。

　　二〇一八年，我们读到了一本特殊的讲述一战的小说——《灵魂兄弟》。小说主人公，阿尔法·恩迪亚耶，一位来自塞内加尔小村落的农民之子，远离故土，身陷炮火连天、子弹纵横的欧洲战场，辗转于德法对阵双方的巨大战壕和布满血水、荆棘和弹坑的无主之地，他亲眼目睹了跟他一起长大、胜似亲兄弟的好友马丹巴·迪奥普的死亡。堑壕战的野蛮血腥和失友之痛让阿尔法开始重新思考，或变得疯狂，他决定以自己的方式为好友复仇。阿尔法·恩迪亚耶和马丹巴·迪奥普是一战战场上一个特殊群体的缩影：来自黑非洲的三万多"土著兵"为"祖国母亲法国"作战，他们献出了生命，身躯变得残毁，他们很多人甚至不会说法语，鲜有机会发出声音，几乎被历史遗忘。

《灵魂兄弟》是一部特殊的战争小说，它借助阿尔法·恩迪亚耶的声音讲述了工业化战争的恶和"塞内加尔步兵团"土著士兵所遭受的不公。这些来自黑非洲的小伙子的形象在一战期间广为法国民众了解。他们出现在报纸上，出现在商品广告上，比如，那个为巴拿尼亚巧克力粉"代言"的土著兵，他身着军装，露出白齿微笑，发出"真好吃"的感叹！多么天真、快乐的形象！于是，他们成了上尉阿尔芒口中的"巧克力兵"。宗主国法国出于战争之需，一方面广泛宣传来自殖民地士兵快乐天真的一面，另一方面却给他们配上了砍刀，以威吓德国敌人和清洗对方战壕。在进攻哨吹响之时，舞动砍刀野蛮杀敌是为法国战斗的正义之战、文明之战；撤退哨吹响之后，为胜似亲兄弟的好友复仇、用砍刀把蓝眼敌人开膛破腹、出于自我救赎和人道将敌人一刀毙命，那是野蛮人的举动；把蓝眼敌人握枪的手砍掉，作为纪念品带回战壕，那更是彻头彻尾的疯狂表现，不仅让敌人丧胆，也让自己人畏惧。"战场上人们需要的只是短暂的疯狂。发怒的疯子，痛苦的疯子，凶残的疯子，但都只能一时疯狂。不能一直疯下去。战斗结束后，我们应收起自己的愤怒、痛苦与狂暴。"在上尉吹响撤退哨后，疯狂成了禁忌。文明人的战争需要将土著兵工具化、野蛮化，土著兵的"野蛮行径"超越了文明人虚伪道德观的规范时，则要接受规诫和惩罚。"断手"、"砍刀"、"步枪"和"狡猾炮弹"是作者在小说中精心布下的符号，跳跃在血肉横飞的一战战场，让我们反思战争的不义和虚伪，反思人道和非人道的边界；这些符号以象征化的方式揭示了来自广大法属殖民地"塞内加尔土著兵"的命运，借着一个人的声音将这段历史呈现在读者面前，表达了作者对于殖民历史的深刻反思。

《灵魂兄弟》是一部让人拿起来就放不下的小说，阅读时，我们仿佛被那讲述的声音牵住了呼吸，随着阿尔法的所看、所思、所想，一同见证了战争的暴烈，也感受到叙述的诗意。这部小说的叙事艺术独具特色，它以独白和意识流的方式，将不同的人物、场景、时间和空间纳入了叙述之中：满目疮痍的战场与甘焦勒的广阔草场，无主之地的残破身躯与乌木林中温暖甜蜜的女性肉身，冷蓝色的天空与月圆之夜……这一系列的对比，让读者感受到了一种美学的张力，战争的恐怖与人性的力量在叙述张力中得以彰显。小说的叙事结构安排颇具匠心，在结尾，叙事者"我"不断拷问自己是谁，拷问自己叫什么。通过一个关于伤疤和身份的寓言，他发现自己是马丹巴，那个在小说开篇死去的男人，他的灵魂在阿尔法的肉身上得以重生，他们成为真正的灵魂兄弟。小说以寓言化的方式，诗意地阐述了友谊的内涵，此时，我们才领会到作者在扉页上引用塞内加尔作家谢赫·哈米杜·凯恩作品的深意——"我是同时奏响的两个声音，一个声音远去，另一个升起。"

《灵魂兄弟》的叙事诗意尤其体现在语言层面。小说语言简洁明了，几乎没有长句，"我那胜似兄弟的兄

弟"、"按照安拉的真意"等短语往返出现，给叙事增添
了一种回旋往复的节奏，这一声声呼唤，是主人公的灵
魂拷问，是心灵煎熬，它们跃然纸面，扣住读者的心，
富有感染力。实际上，这种反复的语言特质是作者刻意
呈现的。本书的作者达维德·迪奥普很好地应对了一个
挑战：该如何用法语来表达一位不会说法语的塞内加尔
土著兵的独白和思考？达维德·迪奥普拥有法国和塞内
加尔的双重文化背景，他将西非沃洛夫语的节奏感和音
乐性带入了小说的叙事节奏之中，从某种程度上，也丰
富了法语的表达。

　　《灵魂兄弟》自出版以来征服了很多法国读者，它
入围二〇一八年法国四大文学奖项的最终名单，最后获
得当年的"龚古尔中学生奖"。它也征服了全球众多法
语读者的心。去年十一月，我有幸在武汉参评首届"龚
古尔文学奖中国评选"，《灵魂兄弟》同样获得了中国教
授评审团的青睐，成为首部龚古尔文学奖"中国之选"。
之后，我有幸接受了本书的翻译任务，翻译和阅读的过
程是类似的，我被阿尔法的声音牵引着，经历了一个个
虚构而又逼真的战争场面，发现了西部非洲大地真挚朴
素的文化风俗和风土人情。达维德·迪奥普尝试用一种

语言来表达另外一种语言的思考，他对翻译的本质有别样的见解，并借小说的叙事声音说："翻译，是冒着风险去更好地理解他人，理解话语的真相不止一个，而有两个，三个，四个或五个。"作为译者，我们感同深受。

高方

2019 年 10 月 10 日于南京仙林